मंजु

एक जीवन ऐसा भी
(लघु कथाओं का एक संग्रह)

प्राची शर्मा

notionpress.com
INDIA · SINGAPORE · MALAYSIA

ISBN 979-8-88959-603-5

विषय

प्रस्ताव

उनके बारे सब कुछ लिख देना क्या मुमकिन है? क्या मेरी कलम के जरिए मैं ये कभी बता पाऊंगी कि वो मेरे लिए क्या थी और क्या है? जवाब एक शीशे की तरह साफ़ है –नहीं!

मैंने ये कहानियां लिखी ही इसलिए हैं ताकि मैं खुद उन्हें थोड़ा और समझने की कोशिश कर सकूं। उनके लिए जो उन्हें नहीं जानते हैं, और उनके लिए जो उन्हें जानते हैं पर अब जिनके पास बस उनकी यादें हैं।

ये कहानी संग्रह मंजू शर्मा के जीवन पर आधारित है। मंजू शर्मा –मेरी माँ, मेरी प्रेरणा, मेरी खुशी और मेरी ज़िन्दगी।

इन कहानियों के कुछ पात्र मेरी माँ के वास्तविक जीवन से हैं, और कुछ मैंने उनकी ज़िन्दगी के बारे में अपनी सिमित जानकारी के अनुसार गढ़े हैं। हालांकि मैंने पूरी कोशिश की है कि मैं अपनी माँ की ज़िन्दगी को शब्दों में पिरो सकूं पर बहुत कुछ है जो मैं नहीं जानती।

वह एक ऐसा व्यक्तित्व है जो सागर सा गहरा है और आकाश सा विशाल भी, एक तरफ जहाँ पहाड़ सी स्थिरता थी, वहीं दूसरी तरफ नदी की शीतलता | उनको जान पाना मेरे लिए इस जीवन में तो क्या सौ जीवनों में भी संभव नहीं है | एक कशिश सी रह गयी की काश उनको और जान पाती |

ज्ञान, भावनाओं और अनुभवों की गहरी परतें थीं उनके ज़ेहन में।। जो भी मैंने देखा, सुना और और जो भी मुझे याद है, ये कहानी संग्रह उन घटनाओं का समावेश है।

ऐसा नहीं है कि हर कहानी उनकी ज़िन्दगी को अक्षरशः दर्शाती है, पर हर कहानी एक आईना है जिसमें उनका

व्यक्तित्व झलकता है। मैंने भरसक कोशिश की है कि कहानियों में वो ऊर्जा और उत्साह नज़र आए जिस ऊर्जा और उत्साह के साथ उन्होंने अपनी ज़िन्दगी जी थी।

ये कहानियां उनकी ज़िन्दगी की सुनहरी झांकी है – उनका बचपन, उनका बड़प्पन; उनके अनुभव, जीवन की कठिनाईयाँ और उन कठिनाईयों से जूझने का उनका जज़्बा। वो चट्टानों सी अडिग थीं, और फूलों सी कोमल भी। उनके दिल में कितनी मासूमियत, कितना प्यार भरा था वो उनकी करूणा और जिज्ञासा से जाहिर होता था। उन्होंने कभी हार नहीं मानी, और मुश्किल से मुश्किल परिस्थितियों का सामना गरिमा, सुघड़ता और सुदृढ़ता से किया।

किसी भी परिस्थिति में से कुछ अच्छा ढूंढ़ कर निकाल लेना उनकी एक बहुत बड़ी खासियत थी, और सभी इस बात के कायल थे।

जब भी मैं अपने बेटों (रेयांश और अयांश) को देखती हूं तो सोचती हूँ कि उनकी नानी माँ के आदर्श और उनकी महानता से उनका परिचय कैसे करवाऊँ? उनकी कहानियों से अच्छा माध्यम और क्या हो सकता था? हालांकि यह कहानियां मैं खुद कभी नहीं लिखना चाहती थी, मेरी इच्छा थी की यह कहानियां वह खुद ही लिखती | यह लिखना मेरे लिए जितना प्रेरणात्मक रहा, उतना ही दुखद भी |

मेरी माँ के बचपन की कहानियां सिर्फ मेरे घर के बच्चों के लिए नहीं है, वो हर उस बच्चे के लिए है जो उनकी ज़िन्दगी से बहुत कुछ सीख और समझ सकता है। ये भी कि परिस्थितियां चाहे कितनी भी विषम हों, हमें हार नहीं माननी चाहिए।

ये किताब एक जरिया है उन्हें थोड़ा और जानने का, उनके साहस की सराहना करने का, जिस साहस से उन्होंने हर कठिनाई को हरा दिया। उन्हें दिल से याद करने का और अगर संभव हो उनकी अच्छाईयां बांटने का, जिससे समाज में थोड़ी ही सही पर बेहतरी आ सके।

मुझे अपने आप पर गर्व होगा अगर इन कहानियों के माध्यम से मैं उनके व्यक्तित्व के एक अंश की भी झलक दिखला सकूं। और मैं ये प्रयास निरंतर करती रहूंगी।

मेरी माँ, मंजू शर्मा के लिए। मेरे मन की हर भावना उनसे ही जुड़ी है। मेरे जीवन का साहित्य, मेरी पथप्रदर्शक और मेरी प्रेरणा।

यह कबीर का दोहा मेरे मन की व्यथा को पूरा व्यक्त करता है

सब धरती कागज करूँ, लेखनी सब वनराज।

सात समुद्र की मसि करूँ, गुरु (माँ) गुण लिखा न जाए॥

भावार्थ: अगर मैं इस पूरी धरती के बराबर बड़ा कागज बनाऊं और दुनियां के सभी वृक्षों की कलम बना लूँ और सातों समुद्रों के बराबर स्याही बना लूँ तो भी मेरी माँ के गुणों को लिखना संभव नहीं है।

१. सर्दियों की गर्माहट

मंजू आज बहुत खुश थी| इतनी खुश कि ठिठुरती सर्दी में वो उत्साह की गर्माहट से भर गयी थी। और हो भी क्यों नहीं, आज उसे अपने स्कूल के लिए नया स्वेटर आखिरकार मिल ही गया था। पर वो इतनी आसानी से नहीं मिला था।ये स्वेटर महीनों की ज़िद तो कभी मनुहार का फल था।

आठ लोगों का एक निम्न मध्यमवर्गीय, कामकाजी परिवार होने के कारण पैसे की हमेशा तंगी रहती थी। और मंजू के पिता के सबसे बड़े होने के नाते, उनकी बहनों की जिम्मेदारी भी उन्हीं की थी। नया स्वेटर मिलना उसके

लिए बहुत बड़ी बात थी। उसका पुराना स्वेटर जो उसकी बहन का था, अब उसके लिए छोटा पड़ने लगा था।

ये नया स्वेटर मंजू की मां ने खुद बुना था।

उसने स्वेटर पहना तो उसका चेहरा और खिल गया। पूरे घर में इठलाती फिर रही थी। माँ पर नज़र पड़ते ही चहक उठी। 'थैंक्यू, थैंक्यू, थैंक्यू माँ!'

'अच्छा लगा?'

'हाँ, माँ। बहुत! इसका पीला रंग कितना प्यारा है। और ये सफ़ेद बूटी तो बहुत ही सुन्दर हैं| उसने माँ को गले लगाते हुए कहा।

अगली सुबह मंजू अपनी माँ से भी पहले उठ गयी| घर में बिल्कुल शांति थी और बाहर कोहरा छाया हुआ था, इसके बावजूद वह उठके अपना स्वेटर पहन के शीशे में खुद को निहार रही थी| जब माँ कमरे से बहार आई, माँ ने मंजू को प्यार से निहारा और मुस्कुरा कर रसोई में चली गयी।

उस दिन जब मंजू स्कूल के लिए निकली तो सर्द हवा के थपेड़े इतने सख़्त नहीं थे। खाली सड़क पर वो तेज़ कदमों से ऐसे चल रही थी मानो उसके पैरों में पहिये लग आए हों। उसे स्कूल जल्दी पहुंचना था।आखिर उसे अपने सभी दोस्तों को अपना नया स्वेटर भी तो दिखाना था। वो उस दिन स्कूल में प्रवेश करने वाली पहली लड़की थी। उसकी बड़ी-बड़ी आंखें स्कूल के गेट पर ही टिकी थीं| भागते हुए वह स्कूल के गेट को पार करके मैदान में पहुंची | बच्चों ने आना बस शुरू ही किया था | खुले मैदान में खड़े होकर वह अपने दोस्तों के आने का बेसब्री से इंतज़ार कर

रही थी | उसका पीला स्वेटर उसके गोरे रंग पर खूब फब रहा था | बिलकुल सूर्यमुखी की तरह चमक रही थी |

जब उसकी सबसे प्यारी दोस्त स्कूल के प्रांगण में दाखिल हुई तो मंजू की आँखें चमक उठीं। अपने चेहरे पर बड़ी सी मुस्कुराहट लिए, वो उसकी तरफ़ बढ़ी। जैसे वो चाहती हो कि मिनी उसके नये स्वेटर को देखे |

'मिनी, देखो मेरा नया स्वेटर!'

'मेरी माँ ने इसे मेरे लिए बनाया है!'

"बहुत सुन्दर हैं यह. तुम्हारे ऊपर यह रंग भी कितना अच्छा लग रहा है" मिनी ने कहा

उस दिन पहला पीरियड हिंदी का था। मधु मैडम क्लास में आयी तो उनकी नजर सबसे पहले मंजू पर गयी। 'अरे वाह, मंजू। आज तो बड़ी प्यारी लग रही हो और तुम्हारा स्वेटर भी बहुत सुन्दर है।'

'धन्यवाद मैम, मेरी माँ ने इसे मेरे लिए बनाया', मंजू मुस्कुराई जब उसकी मधु मैडम ने स्वेटर की बारीक कारीगरी की सराहना की।

कक्षा शुरू हो चुकी थी, जब मंजू की नजर नेहा पर गयी। वो आज सबसे पिछली सीट पर, सिमटी सी बैठी थी। 'अरे, नेहा को तो मैंने अपना स्वेटर दिखाया ही नहीं!' मंजू ने सोचा और फिर आगे मुड़कर अपने नोटबुक में लिखने लगी।

स्कूल लंच ब्रेक की घंटी बजी तो सारे बच्चे मैदान में आ गए। धूप आज मद्धिम थी। मंजू टिफ़िन लेकर क्लास से बाहर आयी तो उसने देखा की नेहा कक्षा के बाहर सीढ़ी

पर अकेली बैठी है। मंजू जाकर उसकी बगल में बैठ गयी। 'ये देखो नेहा मेरा नया स्वेटर! कैसा है?'

'यह वास्तव में अच्छा है,' नेहा ने धीरे से कहा।

नेहा स्वभाव से शांत थी, लेकिन मंजू ने महसूस किया कि वह आज ज्यादा खोई हुई थी। फिर अचानक मंजू का ध्यान नेहा की यूनीफ़ॉर्म पर गया।आज उसने स्वेटर भी नहीं पहना हुआ था, जबकि बाहर का तापमान 12 डिग्री था।

मंजू की माँ ने उसे दूसरों के मामलों में दखल न देने के लिए कहा था, लेकिन फिर भी मंजू उससे पूछने से खुद को रोक नहीं पाई।

'नेहा क्या हुआ, तुम्हारा स्वेटर कहाँ है?'

'मेरे पास... मेरे पास स्वेटर नहीं है,' नेहा ने थर्रायी सी आवाज़ में कहा।

'क्यों?'

'मेरी माँ ने भाई को दे दिया उसका स्वेटर फट गया था।'

'फिर तुम्हारा क्या?'

'माँ ने कहाँ मैं बड़ी हूँ ना।'

'हैं? बड़ो को क्या ठंड नहीं लगती?' मंजू कभी भी सही बोलने से पीछे नहीं रहती थी.

नेहा बस मंजू को देखती रही कुछ कह ना पाई ।

'तुम्हें अपनी माँ से तुम्हारे लिए एक स्वेटर बनाने के लिए कहना चाहिए।'

एक असहज चुप्पी के बाद नेहा ने कहा, 'अभी हमारे पास पैसे नहीं हैं।'

लंच का समय खत्म हुआ तो दोनों क्लास में वापस आ गयी, लेकिन अब मंजू पहले की तरह खुश नहीं थी। उसका सारा उत्साह गायब हो गया था। उसे अपनी दोस्त नेहा की फ़िक्र सताने लगी थी।

मंजू के पिता हमेशा कहते थे कि चीज़ें साझा करना अच्छी बात थी। तो क्या उसे अपना स्वेटर नेहा को दे देना चाहिए? मंजू के मन में तरह-तरह के ख़याल उमड़ने लगे थे। यह स्वेटर उसे पसंद आया था और महीनों के इंतजार के बाद उसे मिला था। यह उसका पहला नया स्वेटर था, इससे पहले तो उसने दीदी के छोटे स्वेटर ही पहने थे। वो पुराना स्वेटर पहन सकती थी पर वो सिर्फ पुराना ही नहीं, छोटा भी था।

इस तरह के विचारों ने उसे उस दिन पढ़ाई पर ध्यान केंद्रित करने से रोक दिया।

स्कूल समाप्त हुआ और सभी मुख्य द्वार की ओर चल पड़े।

'नेहा, रुको!' मंजू ने आवाज़ लगाई।

'क्या तुम्हें मेरा नया स्वेटर पसंद आया?'

'हाँ, बताया तो था, मंजू। कितनी बार पूछेगी?'नेहा थोड़ा खीज कर बोली।

'तो तुम इसे रख लो।' मंजू ने अपने नये स्वेटर को नेहा की ओर बढ़ाते हुए कहा।

'क्यों?' नेहा अचंभित रह गई। 'नहीं, नहीं, मैं इसे नहीं ले सकती, मेरी मां मुझे डाटेंगी।'

'उनसे कहना कि ये स्वेटर तुम्हें मेरी माँ ने दिया है।'

नेहा नया स्वेटर पाकर खुश हुई, उसने मंजू को धन्यवाद दिया और स्वेटर ले लिया। (आज पूरे दिन में पहली बार नेहा के चेहरे पर मुस्कुराहट आई थी।)

मंजू ठंड में कांपते हुए घर पहुंची तो मां आंगन में ही थी। मंजू को देखते ही उन्होंने हैरानी से पूछा, 'तुम्हारा स्वेटर कहाँ है?'

'वो...वो मैं उसे स्कूल में ही भूल आई,' मंजू ने कहा और तेजी से अंदर चली गयी।। उसे समझ नहीं आ रहा था, कि वह अपनी माँ को कैसे बताए कि उन्होंने जो स्वेटर बनाया था, वह उसने किसी को दे दिया था। मां तो पक्का डाँटेगी, उसने सोचा।

अगले दिन मंजू अपना पुराना स्वेटर पहन कर स्कूल गयी। उस दिन भी जब वो अपना नया स्वेटर साथ नहीं लाई, तो उसकी माँ को यकीन हो गया की कुछ गड़बड़ है।

'मंजू, इधर आना |

मंजू जानती थी कि माँ क्या पूछने वाली थी। वो सुस्त कदमों से उनकी ओर बढ़ी।

'क्या हुआ? स्वेटर कहाँ है? क्या तुमसे कहीं खो गया?'

'नहीं।'

'फिर क्या हुआ?'

'माँ, आप डाटेंगी तो नहीं?'

'नहीं, बेटा।' माँ ने प्यार से मंजू के कंधे पर हाथ रखा। 'मुझे बताओ क्या हुआ।'

'मैंने स्वेटर नेहा को दे दिया।' मंजू ने सिर झुकाकर, धीरे से कहा।'

'कौन नेहा?'

'वह मेरी कक्षा में है, वह आखिरी बेंच पर बैठती है। उसके पास स्वेटर नहीं था, और उनके पास खरीदने के लिए पैसे नहीं थे। इसलिए मैंने अपना स्वेटर उसे दे दिया।'

माँ ने बस अपने सात साल के बच्चे को देखा और मुस्कुरा दी।

'तुम क्या पहनोगी?' माँ ने पूछा

'मेरा पुराना वाला।'

''अच्छा, एक बात बताओ।' माँ ने मंजू को अपने पास बुला कर पूछा। 'अपना नया स्वेटर दूसरे को देते समय तुझे बुरा नहीं लगा।''

'लगा था, लेकिन फिर मैंने सोचा कि मेरे पास पुराना स्वेटर तो है और इसलिए मैंने दे दिया। शेयर करना तो अच्छी बात होती है ना, माँ?' मंजू ने मासूमियत से कहा।'

'हां, होती है।' उसकी माँ ने ज़बाब दिया और नए स्वेटर के लिए ऊन ढूढ़ने लग गयी।

तुलसीदास का दोहा जो उनके जीवन की सीख को दर्शाता है.

दया धर्म का मूल है पाप मूल अभिमान।

तुलसी दया न छोड़िये जब तक घट में प्राण॥

भावार्थ: मनुष्य को दया करना कभी नहीं छोड़ना चाहिए। क्योंकि दया ही मानवता की जड़ है। जबकि अभिमान पाप को जन्म देता है।

★★★★

२. मिट्टी का अपनापन

'मंजू, आओ चलें, देर हो रही है, बेटा।' दादी ने बारामदे से आवाज़ लगायी तो मंजू दौड़ी चली आयी।

लम्बी कद काठी वाली उसकी दादी थी तो रुआबदार, पर जिस दिन कलफ़ लगी सफ़ेद साड़ी में बहार जाने को निकलती थीं, बात ही कुछ और होती थी। सफ़ेद बाल जूड़े में सिमटे हुए और चेहरे पर मुस्कान का श्रृंगार, मंजू तो एक टक अपनी दादी को निहारती रहती थी।

'आज हम कहाँ जा रहे हैं दादी?'

'हम आज डोली गांव की ओर जा रहे हैं। मुझे वहां कुछ वृक्षारोपण का कार्य देखना है, और तुम नीम के बाग में खेल सकती हो,' दादी ने मुस्कुरा कर कहा।

'दादी रुको, मेरे पास कुछ है,' मंजू फिर से अंदर चली गयी।

जब वो बाहर आई तो उसके हाथ में एक पैकेट था और उसमें थी इमली की गोलियां और खट्टा-मीठा चूरन, जो उसने अपने जन्मदिन के बचे हुए पैसों से खरीदा था।

दादी अक्सर गांव के दौरे पर जाया करती थी, किसानों से बात करने और उनकी समस्याओं और स्वास्थ्य के बारे में जानकारी लेने| आज मंजू को भी साथ जाने का मौका मिला था। 'कितना मजा आएगा बाग में बच्चों के साथ खेलने में, और वो कितने खुश हो जाएंगे जब मैं उन्हें इमली की गोलियां और चूर्ण दूँगी' मंजू ने सोचा।

डोली गांव तक जाना एक सुहाना सफर था। धूप में नरमी थी और बसंत ऋतु की मंद-मंद बयार जून की गर्मी में राहत दे रही थी|

जब वे गांव पहुंचे तो मंजू ने देखा कि कुछ बच्चे रेत और मिट्टी में खेल रहे हैं।

'तुम लोग क्या कर रहे हो?'

'हम मिट्टी से बर्तन बना रहे हैं,' उनमें से एक लड़की ने कहा। 'तुम्हें बनाना है?'

'हाँ! क्या मैं भी बना सकती हूँ?'

मंजू ने पहले सभी को इमली की गोलियां और चूरन दिया फिर उनके साथ मिट्टी के बर्तन बनाने में जुट गयी। यह उसके लिए एक अनूठा अनुभव था।

'अच्छा, एक बात बताओ, तुम लोग इन बर्तनों का क्या करोगे?' मंजू ने मिट्टी गूंथते हुए पूछा।

'हम रसोई में उपयोग करेंगे,' सुधा ने कहा।

'हाँ, हमारी थाली टूट गयी हैं न।' लता ने बताया।

'अच्छा...' मंजू सोच में पड़ गयी। उसने तो अब तक मिट्टी के बर्तन केवल खेलने में ही उपयोग किये थे।

'हम घड़े भी बनाएंगे।' सुधा ने बताया

'क्यों तुम्हारे घर में घड़ा नहीं हैं क्या?' लता ने मंजू से पूछा।

'हाँ, हैं न!' मंजू ने चहक कर बताया। अब उन बच्चों से बातें करके उसे अपनापन सा महसूस होने लगा। उसके घर में भी तो पानी मिटटी के घड़े में ही रखा जाता था। मिट्टी के घड़े का पानी हमेशा ठंडा होता था। 'मुझे घड़े का पानी बहुत अच्छा लगता है।' मंजू ने कहा।

'मुझे भी!' उसमें मिट्टी की महक भी होती है न!' लता बोलकर हंस पड़ी।

मंजू के लिए, हालांकि, यह मस्ती करने का एक मौका था। अपने हाथों पर नरम मिट्टी का मखमली स्पर्श मंजू को रोमांचक लग रहा था।

वो भी फिर दूसरों को देख मिट्टी को आकार देने की कोशिश करने लगी। मंजू कल्पनाशील थी और बहुत लगन से काम करती थी इसलिए पॉटरी सीखना उसके लिए ज़्यादा कठिन नहीं था।

पहले उसने एक प्लेट बनाई। मंजू को अपार खुशी और जीत का एहसास हुआ। उत्साहित होकर उसने एक कप

और एक छोटा सा मग तैयार कर लिया। सभी बच्चों ने अपने बनाए बर्तनों को धूप में सूखने के लिए रख दिया। मंजू ने भी वही किया।

'मंजू, हमारे साथ खाने चलोगी?' सुधा, ने झिझकते हुए पूछा, जैसे उसे लगा हो कि मंजू साफ मना कर देगी।

'हाँ, क्यों नहीं। पर मैं एक बार दादी से पूछ कर आती हूँ,' मंजू के जवाब से सुधा के चेहरे पर मुस्कुराहट आ गयी।

'दादी, मेरे दोस्त मुझे खाने पर बुला रहे हैं, क्या मैं जा सकती हूँ?' मंजू ने पूछा।

'दादी, प्लीज़ मना मत कीजिएगा। मुझे बहुत भूख लगी है।'

दादी ने सुधा को ध्यान से देखा। 'तुम बीरू की बेटी हो ना?'

सुधा ने हाँ में सिर हिलाया। 'ठीक है, जाओ।'

चलो! सब बच्चे ख़ुशी से झूमते हुए चल दिए। कच्ची सड़क पर क़रीबन दस मिनट चलने के बाद उन्हें एक छोटा सा घर दिखा। यह घर मंजू की हवेली से एकदम अलग था, उसकी छत खप्पर की और दीवार मिट्टी की थी| दरवाजा भी जर्जर हालत में चरमरा रहा था।

'आ गया घर!' सुधा का भाई, शंकर, चिल्लाया। 'माँ, देखो आज खाने पर कौन आया है,' वो दौड़ कर अंदर चला गया।

'आओ मंजू,' सुधा ने कहा।

मंजू अंदर घुसी तो और दंग रह गयी। दो कमरे के घर में पूरा परिवार रहता था।

कमरे में एक वृद्ध महिला बैठी थी। मंजू ने झुककर उनके पैर छूए।

'यह मेरी दादी हैं,' सुधा की छोटी बहन लता ने चहक कर कहा और अपनी दादी के गले से लिपट गयी।

'और यह मेरी मां है,' सुधा ने अपनी माँ से मिलाते हुए कहा।

'नमस्ते।'

'आओ बैठो, बेटा,' दादी ने अपना मोढ़ा देते हुए कहा। फर्नीचर के नाम पर उनके पास एक बांस का मोढ़ा और कुछ बांस की चटाई थी।

'अरे नहीं, दादी। मैं तो सुधा के साथ ही बैठूंगी,' मंजू चटाई पर बैठते हुए बोली।

'खाना लगा दूं? भूख लगी होगी ना?' माँ ने रसोई घर से आवाज़ लगाई।

हाँ! सब बच्चे चिल्लाये।

माँ सबकी थाली लगा कर ले आयी।

मंजू ने देखा उसकी थाली में लड्डू, दही और घी लगी रोटी थी। वहां सुधा और लता की थाली में रोटी, अचार, प्याज और नमक।

मंजू का भी मन वही खाने का हुआ और उसने कहा 'काकी, मुझे भी लता जैसी थाली चाहिए।'

'अरे ऐसे कैसे बेटा, तुम खाली रोटी कैसे खाओगी?' सुधा की दादी बोली।

'नहीं दादी, मुझे प्याज़ और रोटी ही चाहिए।' मंजू अड़ गयी।

'तुम मेरी थाली ले लो,' लता बोली।

'नहीं मेरी ले लो।' सुधा ने कहा।

'तुम दोनों मेरी ले लो, और मुझे अपनी दे दो।'

बच्चों ने थाली बदल के आराम से खाना खाया। और घड़े का शीतल पानी पीया।

मंजू को बस एक बात समझ नहीं आ रही थी कि उसे देख कर लता की माँ की आंख में आंसू क्यों आ रहे थे? वह उस समय शायद नहीं जानती थी, इस तरह के भोजन का उसके वास्तविक आनंद लेने से, उसने किसान के घर के लोगों के चेहरों पर उज्जवल मुस्कान ला दी| उसकी मासूमियत और अपनापन उन्हें कितना खुश कर गया, इसका एहसास भी नहीं था मंजू को।

अभी उनका खाना ख़त्म ही हुआ था कि बीरु काका अंदर आये। 'मंजू बेटा, आपकी दादी आपको बुला रही हैं।'

'हाँ काका, मेरा खाना हो गया।'

'लता, सुधा, अगली बार तुम सब मेरे घर आना।' मंजू ने कहा। 'कल आओगी? काकी उनको भेज दो ना।'

'हाँ बेटा, ये जरूर आएँगी।'

जब मंजू और दादी वापस जा थहे थे, तब दादी ने मंजू का हाथ पकड़ते हुए कहा, 'लगता हैं खाना बहुत अच्छा लगा मेरी लाड़ली को। बहुत खुश लग रही हो।'

'हाँ, दादी, बहुत मज़ा आया।' मंजू बोली।

'मैंने कल लता और सुधा को भी अपने घर बुलाया है। ठीक किया ना, दादी?'

'हाँ, बेटा,' दादी ने मुस्कुरा कर जवाब दिया।

'दादी, अब अगली बार हम किस गांव चलेंगे?'

तुलसीदास का दोहा जो उनके जीवन की सीख को दर्शाता है.

तुलसी इस संसार में, भांति भांति के लोग।

सबसे हस मिल बोलिए, नदी नाव संजोग॥

भावार्थ: तुलसीदास जी कहते हैं कि इस संसार में तरह-तरह के लोग रहते हैं। आप सबसे हँस कर मिलो और जैसे नाव नदी के संयोग कर के पार लगती है, वैसे आप भी इस भवसागर को पार कर लो।

★★★

३. कच्चे आम

मंजू तब सातवीं कक्षा में थी। गर्मी पूरे जोरों पर थी और मंजू के पसंदीदा फल आम भी। आम उसे इतना पसंद था कि वो उसे किसी भी रूप में खा सकती थी –कच्चा हो, पका हो, चटनी हो या अचार। बस आम होना चाहिए।

'अरे सुनीता, लंच के समय आम के बगीचे में चलते हैं? चलोगे?' मंजू ने फुसफुसा कर कहा।

'पिछली बार मिली डांट भूल गई क्या?'

'और क्या तुझे आम का स्वाद याद है?' मंजू ने कहा तो उसकी आँखें चमक उठी।

'और देखो, आज तो मैं काला नमक भी लाई हूँ। इससे स्वाद और बढ़ जाएगा।'

'लेकिन माँ को पता चल गया तो वो मुझे डांटेगी,' सुनीता ने कहा।

'अभी हम आमों के बारे में सोचते हैं, हम डांट के बारे में बाद में सोचेंगे।' मंजू ने कहा

लंच टाइम की घंटी बजनी अभी बंद भी नहीं हुई थी, और सारी लड़कियां क्लास से बाहर थीं। हो भी क्यों ना, लंच टाइम स्कूल के दिन का सबसे रोमांचक समय होता था सबके लिए। एक दूसरे के टिफ़िन से खाना| जल्दी -जल्दी खाना खत्म करके फिर ढ़ेरों बातें करना।

पर आज सुनीता और मंजू खाना छोड़ के गेट के बाहर की तरफ जा रही थीं। नहीं, जा नहीं रही थी बल्कि भाग रही थीं।

'सुनीता, रुको!' मंजू ने आवाज़ लगाई। सुनीता ऐसी दौड़ रही थी जैसे किसी प्रतियोगिता में भाग ले रही हो।

मंजू भी हांफती हुई बाग पहुंच गई। सामने आम से लदे हुए पेड़ देख कर उसकी सारी थकान गायब हो गई। आम ही आम। कहीं कच्चे आमों से लदा हुआ पेड़ तो कहीं अधपके आमों की खुशबू।

मंजू तो मानों ज़न्नत में थी। वह कमर पर हाथ रख कर पेड़ों का मुआयना करने लगी। पेड़ की छांव में जून की बेहाल कर देने वाली गर्मी से थोड़ी राहत भी थी।

'उस पेड़ को देखो, आमों से लदा है। चलो चलते हैं,' मंजू ने बायीं तरफ खड़े एक विशाल पेड़ की ओर अंगुली दिखाकर कहा, और वो दोनों उस तरफ़ बढ़ने लगीं।

'लेकिन शाखाएं कितनी ऊपर है, हमें पेड़ पर चढ़ना होगा।' सुनीता ने ऊपर देखते हुए अपनी चिंता व्यक्त की। 'मैं तो नहीं चढ़ूंगी।'

'तुम मत चढ़ना।' कहकर मंजू पेड़ पर यूं चढ़ने लगी मानो इस काम में माहिर हो। वैसे थी भी, कुछ गांव में सीखा और कुछ अपने भाइयों को देख कर। वह पहली टहनी पर पहुंची और नीचे खड़ी सुनीता को देखा। 'तुम आम इकट्ठा करो |' मंजू ने कहा और आम नीचे फेंकने लगी। सुनीता उन्हें इकट्ठा करने में जुट गयी।

ज़्यादा से ज़्यादा पंद्रह मिनट हुए होंगे, और उनके आम इकट्ठा हो गए थे |

'अब नीचे आ जा' सुनीता ने कहा

इससे पहले कि उन्हें कोई देख पाता, वो बागीचे से बाहर निकल ही रहीं थी कि पीछे से एक आवाज़ आयी।

'ऐ, रुको तुम लोग!' वो दोनों बिलकुल फाटक के पास ही थी।

'चल भाग जाते हैं,' सुनीता ने मंजू का हाथ पकड़ते हुए कहा।

मंजू ने देखा बुड्ढा माली उनके पीछे आ रहा था। वह बुरी तरह हाफ़ रहा था और लडख़ड़ा रहा था |

वह रुक गई। माली के उनके पास पहुंचते ही उसने अपनी पानी की बोतल उसके आगे कर दी।

'चाचा, लो पानी पी लो।'

माली ने पानी पिया, तो उसकी सांस में सांस आयी।

'तुम दोनों फिर यहाँ? इस बार ऐसे नहीं जाने दूंगा।पता है न ये चोरी है?'

'नहीं चाचा, हमने चोरी नहीं की है। मैंने पेड़ से पूछा था।'

'लेकिन यह पेड़ तुम्हारे नहीं हैं ना।'

'अच्छा तो किसके हैं?'

'जो इस बाग़ का मालिक हैं।'

'वह यहाँ होते तो हम उससे पूछ लेते न।' सुनीता ने झट से कहा और मंजू की तरफ देखा।

"चाचा हमें आम खाने का बहुत मन कर रहा था, इसलिए हम यहाँ आ गए"

"हमने तो अपना खाना भी नहीं खाया अभी तक" मंजू ने अपना डिब्बा निकालते हुए कहा

'चाचा, खाना खाया तुमने? मम्मी में आज आलू मटर और पराठा दिया है। तुम खाओगे?'

'अरे नहीं तुम खाओ बेटा' माली ने कहा

'तुम भी खाओ न चाचा' मंजू ने डब्बा आगे करते हुए कहा

'अच्छा, सुनो इस बार तुम लोग आम ले जाओ,' चाचा ने जल्दी खाते हुए कहा। ऐसा लग रहा था जैसे तेज़ भूख लगी थी उन्हें ।

'सच, चाचा!'

'हाँ,' माली ने उसका डब्बा वापस देते हुए कहा।

'थैंक यू।' कह के दोनों वहां से वापस स्कूल की तरफ भागे।

'कितने आम हैं?' मंजू ने पूछा।

'पूरे दस!' सुनीता ने मुस्कुराते हुए बैग से आम निकालना शुरू किया।

उन्होंने अपनी कक्षा की आखिरी बेंच पर कब्जा कर लिया और आमों को खाने लगे। थोड़े से नमक के साथ कच्चे आम का स्वाद अद्वितीय था।

'आज एक अच्छा दिन था,' छुट्टी के बाद स्कूल से बाहर निकलते वक्त सुनीता ने कहा। 'बस मज़ा ही आ गया।'

मंजू को हालांकि अब दिन इतना अच्छा नहीं लग रहा था। उसके पेट में ऐंठन होने लगी थी। जब तक वह घर पहुंची, उसे काफी दर्द हो रहा था।

'मां...'

'हाँ, क्या हुआ?'

'माँ!' मंजू ने कराहते हुए अपनी माँ को फिर से आवाज़ लगाई।

'अरे, क्या हो गया?' उसकी मां दौड़ती हुई आई।

'मेरे पेट में बहुत दर्द हो रहा है।' मंजू चिल्लाई।

'खेलने के चक्कर में भूखी तो नहीं रह गयी दिन भर?' माँ ने मंजू की पीठ सहलाते हुए कहा। 'टिफ़िन पूरा खतम किया था?'

'हां।'

‘पानी पिया था?’

‘हाँ, माँ, पिया था। कुछ करो, मुझे बहुत दर्द हो रहा है।’ मंजू अपने पेट को जोर से दबाए बैठी थी।

माँ हींग और अजवाइन का लेप बना लायी और उसे मंजू के पेट पर लगाया। फिर उसे काढ़ा बना कर पिलाया।

घरेलू उपचार ने असर दिखाया और मंजू को थोड़ी राहत मिली।

माँ सिरहाने आकर बैठी तो मंजू ने उनकी गोद में सिर रख दिया। माँ उसके सिर को सहलाने लगी।

‘कुछ आराम मिला?’ माँ ने पूछा।

‘हम्म...’

‘भूख लगी है?’

‘हम्म...’

‘खिचड़ी खाओगी?’

‘हम्म...’

‘आज फिर से आम के बगीचे में गई थी?’

‘आपको कैसे पता?’ मंजू ने अचकचा कर मां को देखा। ‘मेरा मतलब है नहीं मां, नहीं गयी थी,’ मंजू ने बात सँभालते हुए कहा।

‘कितने खाए?’ माँ ने फिर पूछा।

‘अ...लगभग छः।’ माँ से सच छुपाना आसान नहीं था। उसने सब बता दिया।

‘कोई आश्चर्य नहीं कि पेट में दर्द था,’ माँ ने कहा।

'कभी भी एक या दो कच्चे आम से ज्यादा नहीं खाना चाहिए, और दूसरी सबसे अहम बात कि कभी भी चोरी करके नहीं खाना चाहिए।'

'लेकिन हम चोरी नहीं कर रहे थे, माँ | पूछने वाला कोई नहीं था। और हमने पेड़ से कहा कि हम कुछ आम ले रहे हैं। फिर माली चाचा ने भी कहा कि आम ले सकते हो।'

'ठीक है, पर तुमने कितने खायें?'

'छः।'

माँ ने अपनी नाराज़गी भरी आँखों कर मंजू को देखा।

'अच्छा, फिर नहीं करूंगी।सच।' मंजू ने मनुहार की।

'अच्छा एक बात बताओ।' मंजू ने ऐसे कहा जैसे कोई गंभीर बात हो।

'हाँ...'

'तुम्हारे लिए भी ले आऊं अगली बार? कितने आम खाओगे तुम?'

'क्या? तू नहीं सुधरेगी!' माँ ने हंसकर कहा।

माँ के ऐसा कहते ही मंजू ठहाके लगाकर हंसने लगी

कबीरदास का दोहा जो उनके जीवन की सीख को दर्शाता है|

ऐसी बानी बोलिये, मन का आपा खोय।

औरन को शीतल करै, आपौ शीतल होय।

भावार्थ: कबीर दास जी कहते हैं, कि प्रत्येक मनुष्य को ऐसी भाषा बोलनी चाहिए, जो श्रोता के मन को तो आनंदित करे ही साथ ही स्वयं के मन को भी आनंद का

अनुभव कराती है। मीठी वाणी के उपयोग से हम किसी भी व्यक्ति को उसके प्रति हमारे प्यार और आदर का एहसास करा सकते है।

★★★

४. शाही पंखा

ज्यादातर गर्मी के दिनों में, मंजू और उसका परिवार छुट्टियों में गांव जाते थे। शेरगढ़ का जीवन शाही था, सुबह से लेकर रात तक आपकी जरूरतों का ख्याल रखने के लिए चारों ओर मददगार तैयार रहते थे| मंजू की दादी काफी खुशमिज़ाज़ और नर्म दिल की थी, पर कुछ चीज़ों में उन्हें नियम का पालन करना अच्छा लगता था|

दोपहर के भोजन के बाद, आराम करना उन नियमों में से एक था। घर में एक बड़ा सा आंगन था और दोपहर के भोजन के बाद उसमें चारपाई डाल दी जाती थी।

परिवार के सभी बच्चे और पुरुष सदस्य आँगन में ही सोते थे।

आँगन के प्रत्येक छोर पर दो विशाल पंखे होते थे। उन्हें हाथ से चलाया जाता था। दो सहायक बैठकर पंखों को चलाते थे। यह उन दिनों की बात हैं जब बिजली नहीं हुआ करती थी। मंजू को हमेशा इस व्यवस्था से परेशानी होती थी।

'क्या वे थकेंगे नहीं दादी?'

'यह उनका काम है, बेटा।'

'लेकिन दादी, उन्हें भी गर्मी लग रही होगी, है ना?'

'हां, लेकिन इसे इस तरह से सोचो, अगर वे काम नहीं करेंगे तो पैसे कैसे कमाएंगे? और पैसे कमाने के लिए काम तो करना पड़ता है।'

'लेकिन दादी, उन्हें पैसे की जरूरत क्यों है?'

'भोजन पाने के लिए? तुझे क्या लगता है, खाना कहाँ से आता है?'

'खेतों से।' मंजू ने ईमानदारी से जवाब दिया। खेतों में जितना अन्न उगता है, उसने कभी नहीं सोचा था कि किसी को भोजन की कमी होगी।

'हाँ, यह खेतों में उगता है, लेकिन किसान अन्न उगा कर बाजार में बेच देते हैं, और लोग वहाँ से खरीदते हैं।' दादी ने आगे समझाया। 'हर चीज के लिए पैसे की जरूरत होती है, जैसे स्कूल की फीस, कपड़े, सब के लिए पैसे खर्च होते हैं।' दादी ने मंजू के गालों को थपथपाया। 'और अब तू सो जा।'

मंजू ने सोने की कोशिश की। लेकिन वह शांत नहीं थी। ठीक है, उन्हें काम करने की ज़रूरत है, लेकिन मैं उनकी मदद कर सकती हूँ। उसने सोचा।

जब उसके आस पास सब सो गए, तो वह उठ गई। वह पंखा करने वाले व्यक्ति के पास गई। 'काका, आप थोड़ा आराम कर लीजिए, मैं ये कर सकती हूं।'

'अरे, नहीं बेटा, तुम सो जाओ, हम यह कर लेंगे।'

'नहीं काका, आप कुछ देर आराम कर लें, मैं यह कर दूँगी।'

'तुमने हमारे बारे में इतना सोचा, यही हमारे लिए इतनी बड़ी बात है,' उस शख्स ने भावुक होकर कहा।

अपनी बीस साल की सेवा में, यह पहली बार हुआ था। एक बच्ची की उसके प्रति सहानुभूति ने उसका दिल जीत लिया।

"दे दो काका।' और मंजू ने पंखा अपने हाथों में ले लिया और पंखा करने लगी।

'अब हमको दे दो वापस।' कहकर बंसी काका ने मंजू के हाथों से पंखा ले लिया, इतना भारी पंखा चलाना इस छोटी सी बच्ची के बस की बात नहीं थी।

अगले दिन सारे बच्चे खेलने के लिए आँगन में आ गए।

'अरे, बंसी काका आज नहीं आये?'

आज उनकी जगह कोई और पंखा चला रहा था। मंजू ने पूछा तो उसने कोई जवाब नहीं दिया।

सबके सोने के बाद, मंजू ने उससे भी पंखा माँगा। उसने मंजू को पंखा छूने तक नहीं दिया। कोई बात नहीं

जब कल बंसी काका आएंगे तो उनकी मदद कर लूंगी। ये सोच कर मंजू ने खुद को बहला लिया।

अगले दिन भी उसने बंसी काका को नहीं देखा। लगता हैं उनकी तबियत ख़राब है। मंजू ने चंचल से कहा, 'चंचल, बंसी काका तो अकेले रहते हैं न? चलो उनके लिए हम फल लेकर आते हैं।'

फिर मंजू माँ के पास चली गयी। 'माँ, तुम बंसी काका को तो जानती हो न?'

'हाँ।'

'वह दो दिनों से नहीं आ रहे हैं, मैं उनसे मिलने जाऊं?'

'हैं? कहां जाएगी तू?' माँ ने पूछा।

'उनकी शायद तबीयत ठीक नहीं है,' मंजू ने कहा।

'अच्छा तुझे कैसे पता? हर चीज़ में इतना दिमाग क्यों लगाती है? जा, जाकर खेल।'

वह दोनों बाहर जाकर बगीचे में खेलने लग गए |

'अरे देख, कितने सारे मोर! मेरे को बड़ा पंख चाहिए।' बगीचे में घूमते मोरों की टोली देख मंजू चहकी।

'चल पकड़ते हैं एक मोर!' चंचल मोर के पीछे दौड़ पड़ी।

मोर आगे, पीछे चंचल उसके पीछे मंजू। नज़ारा देखने लायक था।

'देख, डरा दिया न तूने, अब सारे मोर उड़ गए, कहाँ से मिलेगा मुझे पंख?' मंजू चंचल से कह ही रही थी, की उसकी नज़र बगीजे से बहार जाते हुए बंसी काका पर पड़ी|

‘अरे देख चंचल बंसी काका! यह तो ठीक हैं? बंसी काका! काका!’ मंजू और जोर से चिल्लाई।

‘अरे बिटिया तुम?’ काका ने कहा।

‘काका तुम घर क्यों नहीं आ रहे?’

‘वो हमें नौकरी से निकाल दिया मालिक ने।’

‘दादी ने?’ मंजू चौंकी।

‘नहीं मैनेजर बाबू ने’

‘क्यों? बताओ ना काका।’

‘नहीं बेटा, पहले ही काफी परेशानी में हूँ।

‘तुम्हारी वजह से।’ बंसी काका बुदबुदाए पर मंजू ने सुन लिया|

मंजू दौड़ी दादी के पास पहुंची |

‘दादी, दादी!’

‘क्या हुआ? पूरा घर सर पर क्यों उठा लिया है?’

‘तुमने बंसी काका को नौकरी से निकाल दिया? क्यों दादी?”

‘रामू कह रहा था कि बंसी ठीक से काम नहीं कर रहा था, और उसने इसलिए उसको निकाल दिया | क्यों उसकी जगह मनोज नहीं आ रहा है क्या?’

‘पर बंसी काका तो अच्छे से काम कर रहे थे ना दादी? जब सब सो जाते थे तब भी वह पंखा करते रहते थे’

‘अच्छा, पर रामू ने तो बताया था। ..’ दादी आगे बोलती उससे पहले ही मंजू बोल पड़ी

'दादी वह तो मैंने ही बंसी काका से पंखा ले लिया था।'

'क्यों?'

'ताकि वह थोड़ी देर आराम कर लें। पर उन्होंने मुझे करने नहीं दिया, और पंखा वापस ले लिया था। बोले मैं छोटी हूं,' मंजू ने उदास होकर कहा।

'अच्छा...' दादी कुछ सोच में पड़ गयीं।

'ठीक है मैं रामू से बात करती हूँ,' दादी ने कहा और वहां से चली गयी।

अगले दिन से बंसी काका फिर से घर में दिखने लगे। मंजू के लिए वह अमरुद भी लाये थे।

कबीरदास का दोहा जो उनके जीवन की सीख को दर्शाता है.

जाति न पूछो साधु की पूछ लीजिए ज्ञान।

मोल करो तरवार का पडा रहन दो म्यान॥

भावार्थ: सज्जन की जाति न पूछ कर उसके ज्ञान को समझना चाहिए| तलवार का मूल्य होता है न कि उसकी मयान का| हमें हर किसी के गुण का आदर करना चाहिये, उसके रुतबे का नहीं |

★★★

५. कुएं का पानी

हर साल ही तरह इस साल भी मंजू और उसका परिवार गर्मी की छुट्टियों में गांव आया हुआ था |

गांव की हवा की तो बात ही कुछ और थी। हर तरफ फैली हुई हरियाली। मिटटी की सड़क, लहराते हुए नीम और पीपल के पेड़ और कतार में लगे हुए पेड़ो के बीच में बड़े-बड़े खेत। खेतों में खेलने का, जामुन तोड़ने का मज़ा ही कुछ अलग था। पर खेतों की खास बात जो मंजू को सबसे अच्छी लगती थी वह था वहां के कुओं पर नहाना।

आज भी रोज़ की तरह नाश्ते के बाद उनकी टोली घूमने निकल गयी थी। नीम के पेड़ो की छांव में चलते चलते कब वह अपना गांव छोड़ दूसरे गांव पहुँच गए उन्हें पता भी नहीं चला।

'भैया वह देखो! उस खेत में कितने सारे जामुन के पेड़ हैं! वहां चलें?' मंजू उत्साहित हो कर बोली|

मेड़ कूद कर वो खेत में पहुंच गए।

दोपहर का समय था,सारे किसान खाने के लिए घर गए हुए थे, इसलिये खेतों में सन्नाटा था |

ढेरों जामुन नीचे गिरे हुए थे। सबने जामुन उठा कर खाने शुरू कर दिए|

'भैया, देखो कितना बड़ा कुआ है !' मंजू ने कहा।

'हाँ, तो? पहली बार देख रही हो क्या?' भैया ने चिढ़ाया।

'नहाते हैं ना!'

'अरे नहीं, हम घर से बहुत दूर हैं, भीगे भीगे कहाँ तक जायेंगे? किसी ने देख लिया तो दादी गुस्सा करेंगी।'

'यहाँ तो कोई नहीं है न, कौन देखेगा?

और इतनी दूर भी तो नहीं आये हैं, हम भाग के चलेंगे न।' मंजू अपनी दलीलें दिए जा रही थी।

'हाँ, भैया जाने दो न,' चंचल ने कहा।

'नहीं, मैं तो नहीं नहाऊंगी,' उषा दीदी बोली।

'ठीक है, पर हमें तो मत रोको,' मंजू ने कहा।

'देख में बोल रही हूँ सोच ले, आगे तेरी मर्ज़ी,' उषा दीदी बोली।

मंजू ने आव देखा न ताव, कुए तक दौड़ गयी! उसे वहां दो बाल्टियाँ दिखीं। एक को उसने रस्सी से नीचे किया और भर कर बाहर निकाल लिया।

ठंडे पानी से भरी बाल्टी, जैसे ही उसने अपने सर पर डाली, खुशी से झूम ही उठी वह।

उसको देख बाकी सब भी कुएं के पास आ गये और बाल्टी भर-भर पानी बाहर निकालने लगे।

एक दूसरे के ऊपर भरी बाल्टी पानी उड़ेलते, हंसते तो कभी चिल्लाते।

'बहुत मज़ा आ रहा हैं न!' चंचल बोली

उनको वहां कुछ दस मिनट ही हुए होंगे कि किसी की ज़ोरदार आवाज़ ने उन्हें डरा दिया। 'कौन हैं यहाँ?'

'भागो जल्दी, किसान आ रहा है,' भैया और दीदी उनको खींचते हुए बोले।

पूरी तरह भीगे हुए सब के सब वहां से भागे।

'अरे रुको, रुको में कहता हूँ!' चिल्लाता हुआ किसान भी उनके पीछे दौड़ा।

उनकी टोली आगे-आगे और किसान पीछे पीछे।

'कहा था, मत नहा, तू सुनती नहीं हैं... आज देखना दादी से डांट पड़ेगी।' हांफ़ते हुए दीदी बोली।

मंजू जितनी तेज भाग रही थी, उतनी तेजी से इस मुश्किल का समाधान भी सोच रही थी |

'अरे, हम घर की तरफ नहीं कहीं और भागते हैं ना। उसको नहीं पता हम कहाँ से हैं.. सब अलग हो कर भागो,' उसने चिल्ला कर कहा। मंजू की बातों में दम था। अब सब तितर बितर होकर भागने लगे।

किसान बेचारा कुछ देर तो पीछा करता रहा, फिर हार के वापस लौट गया।

बच गए! मंजू ने चैन की सांस ली। सबसे बड़ी बात कि दादी से डांट नहीं पड़ेगी।

'अब घर चलते हैं, भीगे भीगे शरीर में दर्द होने लगा है।' चंचल बोली

कुछ दिनों बाद, ये बच्चे बाहर खेल रहे थे। उन्होंने देखा कि दादी किसी के साथ बात कर रही हैं।

'अरे बच्चों, इधर आओ।' दादी ने आवाज़ लगाई।

वो सब जैसे ही दादी के पास पहुंचे, उनकी तो जैसे आवाज़ ही कहीं खो गयी। जिस व्यक्ति से दादी बात कर रही थीं वो अब बच्चों को घूर रहा था।

'तुम! तुम सब यहां क्या कर रहे हो? फिर से कोई शैतानी?' आदमी ने जोर से कहा।

दादी चौंक गयी। 'आप इन बच्चों को जानते हैं?'

जो अदमी दादी से बात कर रहा था और कोई नहीं वही किसान था जिससे पीछे छुड़ा के उस दिन वो भाग आये थे।

'इनको मैं जानता हूं,' उसने दादी से कहा। 'मेरे खेत के कुएं से पानी बर्बाद करके भाग गए थे। आप को तो बखूबी पता हैं, पानी की कितनी दिक़्क़त हैं खेतों में। और

इससे भी बड़ी बात, बच्चे हैं, खेत में अकेले और कूंआ इतना गहरा। कितना खतरनाक है। मुझे इतना दौड़ाया वह अलग।' किसान ने बच्चों की तरफ गुस्से से देखा। 'पर आप इन्हें कैसे जानती हैं?' दादी ने पहले बच्चों की तरफ गंभीरता से देखा फिर कहा, 'ये मेरे नाती-पोते हैं।'

थोड़ी देर चुप्पी छायी रही फिर दादी ने कहा, 'गलती तो इन्होंने की है। अब आप बताईए इन्हें क्या सज़ा दी जाए?'

'अरे नहीं, मां जी, छोड़िए। आपके बच्चे, हमारे बच्चे।' किसान ने कहा।

'नहीं, ऐसे तो नहीं छोड़ सकते,' दादी ने सख़्ती से कहा। फिर उन्होंने बच्चों की तरफ देखा।

'तुम सब कल जाकर इनके खेतों में उनकी मदद करोगे,' दादी ने कहा। 'ठीक है?'

'जी, ठीक है दादी। हमें माफ कर दीजिए।' बच्चों ने गर्दन हिला दी।

अपनी करनी, अपने सर।

कबीरदास का दोहा जो उनके जीवन की सीख को दर्शाता है.

करता था सो क्यों किया अब करि क्यों पछताय।

बोया पेड़ बबूल का आम कहां से खाए॥

भावार्थ: जैसे हमारे कर्म होंगे वैसे ही फल हमें प्राप्त होंगे| इसलिए हमें सद्मार्ग पर चलते हुए नेक कार्य करना चाहिये |

★★★

६. पापड़ी चाट

दस दिनों की धूम, कल के रावण दहन के बाद अब कम होने लगी थी. अब लग रहा था जैसे कि सारा शहर थक गया हो। पर मंजू और उसके भाई बहनों में थकावट का कोई नामोनिशान तक नहीं था।अभी थोड़ी देर पहले तक वही बातें हो रही थीं –जैसे किस जगह का रावण सबसे बड़ा था, इस बार की राम लीला कैसी लगी? मेले में कौन-कौन मिला, किसके कपडे सबसे अच्छे थे; चाट ज़्यादा स्वादिष्ट थी या गोलगप्पे; या फिर रबड़ी जलेबी।

अब शाम होने वाली थी।और मंजू के घर ने उत्साह का चोला उतारकर उदासी ओढ़ ली थी। संजय मामा जाने वाले जो थे। पाँच बजे शाम की ट्रेन थी। माँ रसोई में पूरियां तल रही थीं। वहां से उड़ कर आती खुशबू बता रही थी कि आलू की सब्जी बनकर तैयार थी। अब बस रात के खाने के लिए मामा का टिफ़िन पैक हो जाएगा।

मामा हर साल दशहरे पर घर आते थे। वैसे तो मंजू के शहर में दशहरे की अलग ही धूम होती थी पर संजय मामा के आने से मजा दोगुना हो जाता था।

'मामा, कुछ दिन और रुक जाइए ना' मंजू ने कहा।

'नहीं, बेटा। जाना तो जरूरी है। हम फिर आएंगे,' मामा ने मुस्कुरा कर कहा और सारे बच्चों को पैसे दिए। 'ये लो कुछ मन का ले लेना।'

मामा चले गए। 'मां, देखिए मामा ने हम सभी को पैसे दिए,' मंजू ने उत्साहित होकर कहा।

'हाँ मैने देखा,' माँ ने कहा। 'यह तुम सबके लिए पार्टी का समय है, है न? जाओ बाजार से कुछ ले आओ।'

माँ को बस ये शब्द कहने थे और वे सभी दरवाजे से बाहर भाग गए। 'लेकिन ज़्यादा देर मत करना। अंधेरा होने वाला है।' माँ ने आवाज़ लगाई।

बाजार उनके घर से ज्यादा दूर नहीं था और वे चंद मिनटों में वहां पहुंच गए।

'तुम्हें क्या चाहिए, मंजू?' बड़े भैया ने पूछा।

जवाब देने की बजाय, मंजू ने उनसे ही पूछ लिया। 'भैया आप क्या लेंगे?'

'मैं तो आइसक्रीम लूंगा।'

'उषा दीदी, तुम?'

'मैं तो पानी पुरी खाऊंगी।' ऊषा दीदी ने चटखारे लेकर कहा।

'विनोद...'

'मंजू, तुम सबके बारे में पूछ रही हो, तुम्हारे बारे में क्या?' भैया ने पूछा।

'मैं सोच रही हूं। मेरे पास दस पैसे हैं, मैं पांच पैसे में मसाला चूरन लूंगी और बाकी पैसे की खट्टी मीठी चाट।'

सबने जो चाहा ले लिया और घर वापस आ गए। मंजू ने घर पहुंचने से पहले ही अपना चूरन खत्म कर लिया था और घर में प्रवेश करते ही उसने अपनी चाट भी साफ कर ली।

घर आकर सब धम् से इधर-उधर बैठ गए। मंजू ने सबकी ओर देखा। सब अपने आप में मगन थे।

'विनोद.. क्या तुम्हारे पास कोई बर्फी बची है या तूने सब कुछ खत्म कर दिया है?' मंजू ने यूं ही बेपरवाही से पूछा।

'मेरे पास दो बची है।'

'क्या मुझे नहीं दोगे?'

'क्यों?'

'एक दूसरे से चीज़ें साझा करना अच्छी बात होती है माँ कहती हैं न।'

'लेकिन तुम्हारी चाट कहाँ है? क्या तू मेरे साथ बांटेगी नहीं?' विनोद ने पूछा।

'जरूर साझा करती अगर मेरे पास कुछ बचा होता। मेरी चाट पहले ही समाप्त हो चुकी है, मुझे बहुत तेज भूख लगी थी ना।'

विनोद ने कुछ देर सोचा और फिर अनिच्छा से ही सही पर मंजू के लिए एक बर्फी निकाल के दे दी।

'मेरे प्यारे भाई, तुम कितने अच्छे हो,' मंजू ने बर्फी लेते हुए कहा।

वह अब अपनी बहन के पास गई।

'क्या तुमने अपनी सारी पानी पूरी खा ली, दीदी?'

'नहीं, मैं कुछ बाद में खाने के लिए ले आयी थी। क्या तुम्हें चाहिए?'

'हाँ।' मंजू ने कुछ ललचाई नज़रों से उस दोने को देखते हुए कहा।

'दीदी, अगली बार मैं अपना हिस्सा भी आपके साथ साझा करूंगी,' उसने पानीपुरी का आनंद लेते हुए कहा तो उषा हंस पड़ी।

ज्यादातर समय यही मंजू की युक्ति होती थी। वह पहले अपनी चीज़ों को खत्म कर देती थी और फिर दूसरों को उसके साथ साझा करने के लिए कहती। यह तब तक ठीक था जब तक उसे अपने मुँह की न खानी पड़ी।

दिवाली का समय उन सब भाई बहनों के लिए काफी रोमांच भरा होता था। दिवाली की मिठाई, पटाखे, नए

कपड़े और ढेरों मेहमान। दिवाली पर उनकी बुआ घर आती थी और जाते समय खूब पैसे दे कर जाती। नवम्बर का महीना था और सर्दी आने लगी थी। एक शाम उन सब ने फिर से चाट खाने का मन बनाया और माँ से पूछ के बाजार पहुंच गए।

'मंजू, आज क्या खरीद रही हो?' बड़े भैया ने पूछा।

'मैं पापड़ी चाट लुंगी। आप क्या लोगे?'

'मैं सोच रहा हूँ।'

'मैं भी सोच रहा हूँ।' विनोद ने उसके पूछने से पहले ही चिल्ला कर कहा।

मंजू ने उषा दीदी की ओर देखा तो उसने कहा

'मैंने भी अभी तक तय नहीं किया।'

मंजू कंधे उचका कर पापड़ी चाट खरीदने चली गयी। उसके मुंह में तो अभी से पानी आ रहा था। और साथ ही दिमाग में ये बात चल रही थी कि पता नहीं उसके भाई बहन क्या खरीदें।

इससे पहले कि वह खाना शुरू कर पाती, बड़े भैया ने कहा, 'मंजू, पापड़ी चाट हमें नहीं दोगी?'

'हाँ, मंजू, देखो हमारे पास तो खाने को कुछ भी नहीं,' उषा दीदी ने कहा। 'घर में सब्जियों की जरूरत थी तो हमने वह खरीद ली।'

'हाँ, मंजू दीदी। चीज़ें साझा करना तो अच्छी बात होती है। माँ कहती हैं।' विनोद बोला।

मंजू ने मुंह लटका कर सबकी ओर देखा। कुछ-कुछ समझ आने लगा था उसे। पर खैर, बांटना तो था ही। कोई

बहाना भी तो नहीं सूझा उसे। उस दिन उसकी पसंदीता पापड़ी चाट उसके हिस्से आई तो सही, पर केवल एक चम्मच!

कबीरदास का दोहा जो उनके जीवन की सीख को दर्शाता है.

रुखा सुखा खाई के ठंडा पानी पी।

देख पराई चुपड़ी, मत ललचाओ जी॥

भावार्थ: जीवन में संतोष ही सबसे बड़ा धन है | हमें जीवन में किसी और की समृद्धि और धन -दौलत से जलना नहीं चाहिए | और कभी भी लालच नहीं करना चाहिए |

★★★

७. मिठाई कहाँ है?

'मंजू, अब आ भी जाओ। तुम्हारे चक्कर में ट्रेन छूट जाएगी।' उषा दी ने आवाज लगाई।

मंजू दौड़ती हुई बाहर आई और रिक्शे में उषा दीदी की बगल में बैठ गयी।

'क्या भूल गयी थी?' दीदी ने पूछा।

'माँ ने जो मेरी नयी फ़्रॉक सिली है, गुलाबी वाली, वो, और चंचल के लिए एक कहानी की किताब।'

'हाँ,। चंचल! उसके लिए तो लेना जरूरी है, तेरी सबसे अच्छी दोस्त जो है,'

उषा ने हँसते हुए कहा|

गर्मी की छुट्टियां हो चुकी थी और हर साल की तरह, मंजू अपने परिवार के साथ अपने दादा-दादी के घर जा रही थी। वह पूरे साल इन छुट्टियों का इंतज़ार करती थी। पूरा परिवार इकट्ठा होता था। चाचा, चाची, बूआ, और सारे भाई बहन! कितना मज़ा आता था।

हो भी क्यों न! एक दो कमरे के घर में पूरे साल रहने के बाद, गांव के घर की खुली छत, बड़े-बड़े कमरे और बैठक जैसे की पूरा मैदान हो, किसको ना अच्छा लगे। दादा-दादी का हवेली नुमा घर पुश्तैनी था। यह तब का का घर था जब ज़मींदारी का एक रुतबा हुआ करता था। हमारी आज़ादी से काफी साल पहले। मंजू के लिए तो यह एक महल से कम न था। घर में लगे बड़े बड़े शीशों के सामने वह दादी की साड़ी लपेट अपने को रानी से कम न समझती थी। उनके दादा जमींदार थे और राजाओं के दरबार में दीवान के पद पर थे। हालांकि अब उसके दादा नहीं रहे, पर वो रुतबा अब भी बरकरार था।

सारे चचेरे भाई बहिन मिल जाए तो पूरी क्रिकेट टीम बन जाती थी। गांव पहुंचते ही सभी बच्चे योजनाएं बनाने लगते। क्या करना है, कहाँ-कहाँ जाना है। खेतों की दौड़ होगी, हवेली के पीछे वाले बगीचे का दौरा भी होगा। आम और जामुन के पेड़ों से तसल्ली से गुफ़्तगू होगी। 'हम इस बार झील किनारे भी जाएंगे। कितने मोर होते हैं वहां!' मंजू

ने चहकते हुए कहा। मोर के प्रति मंजू का खास आकर्षण था। उनके रंग बिरंगे पंख उसे विस्मय से भर देते थे। 'प्रकृति की इतनी सुन्दर रचना, हर रंग सोच कर चुना गया लगता है।' वो सोचती।

'बस आते ही शरारत शुरू हो गयी।' चाची ने कहा और फिर मां और चाची रसोई में चली गयी। चाची काफी कायदा-कानून वाली थी। मंजू की शरारत तो उनको बिलकुल नहीं भाती थी।

एक शाम मीठे आमों का लुफ्फ़ उठा कर सारे बच्चे छत पर खेल रहे थे।

मंजू छत की मुंडेर पर बैठी आकाश में अपने घरों को जाते पंछियों को निहार रही थी। तभी गेट खुलने की आवाज़ ने उसका ध्यान आकर्षित किया। पतला दुबला सा एक आदमी था और उसके हाथों में कुछ था। मंजू ने गौर से देखा।

'अरे चंचल, देख, घर में कोई मिठाई लेकर आया है।' मंजू ने कहा। चंचल और मंजू जैसे सीता और गीता, चचेरी बहने थीं, पर प्यार सगों से कहीं बढ़कर।

उसका ये कहना था कि सारे बच्चे मुंडेर से झांकने लगे। 'लगता है बर्फी हैं।'

'नहीं गुलाब जामुन का डिब्बा लग रहा है।'

'अरे देखो इतना बड़ा डिब्बा हैं कुछ तो खास हैं!' सबकी अपनी अपनी राय।

'चलो नीचे जाकर मांगते हैं?' मंजू ने सीढ़ी की तरफ भागते हुए कहा। मम्मी मिले तो अच्छा है, चाची ना मिले,

यह सोचते हुए जैसे ही वह जैसे ही रसोई के सामने पहुंची, उसका सामना कामिनी चाची से हो गया!

कितनी सुंदर हैं ना यह| इनके होठ हमेशा इतने लाल कैसे रहते हैं? इतनी बड़ी बड़ी आँखें! बस इतने गुस्से वाली ना होती तो कितना अच्छा होता।

'क्या हुआ?' चाची की आवाज़ ने उसकी तंद्रा भंग की।

'चाची, वो... मिठाई आयी हैं ना, दे दो।'

'अभी तक तो मेहमान गए भी नहीं हैं, तू आ गई मिठाई मांगने? चल भाग यहाँ से। कोई मिठाई नहीं हैं।'

मायूस मंजू छत पर आ गई। 'तुम लोग क्यों नहीं आये? चाची ने डाँटा। मुझे अकेले डाँट खानी पड़ी।'

'तुझे क्या लगा था, तू मांगेगी और मिठाई मिल जाएगी?' बड़े भैया बोले।

'वह भी मेरी मम्मी से?' चंचल ने कहा।

'बात तो सही है,' मंजू ने कुछ सोचते हुए कहा। 'अब तक तो डिब्बा छिपा दिया होगा चाची ने।'

फिर कुछ सोचकर मंजू बोली,

'अभी तो रसोई में लोग हैं, मेहमानों को चाय देने के बाद मम्मी और चाची भी अंदर वाले कमरे में बैठ कर चाय पीयेंगी। उस समय ढूंढे क्या?'

मंजू का दिमाग चल रहा था। उसके भाई बहन ध्यान से उसकी और ही देख रहे थे।

'पर समय काफी कम मिलेगा ना?' भैया ने कहा।

'हाँ लेकिन हम इतने सारे हैं। अलग-अलग जगह ढूढ़ते हैं न।'

'मैं और चंचल कोठार में देखते हैं। भैया तुम और दीदी रसोई के ऊपर के अलमारियों में देखो। और विनोद तू, विनय के साथ, रसोई में नीचे के सारे कोने देखना।'

धीरे धीरे मंजू ने सबको उनकी ढूढ़ने की जगह बता दी। अब टट्टर पर बैठ वह चाची और मम्मी के रसोई से निकले की बाट देखने लग गई।

'गयी, गयी,' मंजू ने सबको नीचे उतरने का इशारा करते हुए कहा। ऐसा नहीं हैं की उनको मिठाई नहीं मिलती थी। पर हर समय नहीं और उनको तो मीठा कभी भी खिला दो। क्या बड़ा क्या छोटा, सब अपनी अपनी निर्धारित जगह पर मिठाई ढूंढ़ने लगे।

'अरे यहाँ तो कुछ भी नहीं हैं | पूरी रसोई और कोठार देख लिया,' मंजू ने कहा

'मिठाई कहाँ है?' चंचल बोली।

'तेरे कमरे में देखें?' मंजू ने चंचल से पूछा

'वहां तो ताला होगा ना? चलो देखते हैं।'

सारे बच्चे अब चाची के कमरे के आगे थे। ताला तो लगा हुआ था। मंजू बिना कुछ कहे खिड़कियां टटोलने लग गयी।

'मिल गयी...' वह बोली और खिड़की खोल अंदर घुस गयी।

जब वह बहार आयी तो हाथ में चमचमाता हुआ मिठाई का डिब्बा था।

'वाह मंजू, कमाल कर दिया तूने तो!' भैया ने डिब्बा खोलते हुए कहा।

'देखो रसमलाई है!'

देखते ही देखते सबने डिब्बा सफाचट कर दिया। मंजू ने डिब्बा बंद करके वापस वहीं रख दिया जहां से लायी थी।

सब बच्चे छत पर जाकर खेलने लगे।

'नीचे आओ सब। अभी के अभी।' कुछ देर बाद चाची की थर्राती हुई आवाज़ ने उनको बुरी तरह चौंका दिया।

सब नीचे पहुंचे, तो उनके पैरों में वह फुर्ती नहीं थी जो कुछ समय पहले थी।

माँ भी वही खड़ी थी।

'कहाँ हैं मिठाई?' चाची के हाथ में मिठाई का खाली डिब्बा था।

'हमें नहीं पता,' चंचल ने धीरे से कहा।

'चुप, एकदम चुप! मंजू बता कहाँ है मिठाई?' चाची ने डबडबाई आँखों से मंजू की ओर देखते हुए कहा।

'वो..वो...' चाची का रौद्र रूप देख कर मंजू सकपका गयी थी।

'मंजू, कहाँ हैं मिठाई?' अबकी बार माँ ने पूछा।

'ताई जी, हमने नहीं ली, सच्ची,' चंचल फिर बीच में बोली।

'सच में?' माँ ने फिर पूछा।

'हाँ पक्का।' चंचल ने कहा

बड़े भैया और दीदी तो ऐसे खड़े थे मानो कुछ किया ही नहीं हो। सब के सब चुप्पी साधे खड़े रहे।

'क्या हुआ? इतना शोर क्यों है? यह बच्चों की टोली इतनी सहमी क्यों खड़ी हैं?' अब तो दादी भी वहां आ गयी थी।

'अभी मिठाई का नया डिब्बा आया था। सोचा था भोग लगा कर सबको दूँगी, मेहमान अभी गए भी नहीं हैं और देखिये डिब्बा खाली है,' चाची ने गुस्से से कहा।

'बच्चों, तुमने मिठाई खाई है तो बता दो।'

'नहीं दादी,' चंचल फिर बोली।

'ठीक है, फिर जाओ,' दादी ने कहा।

'अरे, ऐसे कैसे? दंड तो मिलना चाहिये।' चाची कुछ आगे कहती इससे पहले दादी ने इशारा करके रोक दिया।

सारे बच्चे कमरे में आ गए। मिठाई का स्वाद अब कड़वा लग रहा था, मन भारी था सबका। सबको पता था कि गलती तो हो गयी थी; पहले छुपा के खाना, ऊपर से झूठ, पर अब किसी में हिम्मत नहीं थी की गलती मान ले।

मंजू उठी और कमरे से बाहर चली गयी।

'दादी, दादी...वो ना...मुझे पता है कि मिठाई कहां है।' मंजू बोली।

दादी मुस्कुराई। मेरी उम्मीद इस बार भी नहीं तोड़ी मेरी लाड़ली ने। दादी ने सोचा। 'कहाँ?'

'हमारे पेट में।' मंजू बोली। 'हमने खा ली, दादी। हमको नहीं पता था कि भोग लगाना था।'

'क्या लगता है? ठीक किया की गलत? अगर गलत लगता है, तो दोबारा मत करना।' उनकी दादी हमेशा उनसे ही सोचने को कहती थीं।

'गलत किया, दादी।'

'ठीक हैं फिर दोबारा मत करना। बाकी सब बच्चों को भी बुलाओ। और सुनो चाची का दिल दुखा है, उससे माफ़ी मांग लो।'

रहीम दास का दोहा जो उनके जीवन की सीख को दर्शाता है.

छिमा बड़न को चाहिये, छोटन को उत्पात।

कह रहीम हरि का घट्यौ, जो भृगु मारी लात॥

भावार्थ: रहीम कहते हैं कि बड़े को क्षमाशील होना चाहिए, क्योंकि क्षमा करना ही उसक कत्र्तव्य, व बड़प्पन है, जबकि उत्पात व उदंडता करना छोटे को ही शोभा देता है। छोटों के उत्पात से बड़ों को कभी उद्विग्न नहीं होना चाहिए।

★★★

८. दोस्ती की खातिर

आज सुबह से ही बारिश हो रही थी। मंजू ने खिड़की से बाहर देखा तो ऐसा लग रहा था जैसे उसके और सामने वाले घर के बीच बारिश की एक झीनी चादर टंगी हो। पर स्कूल तो जाना ही था। आज फीस भरने की आखिरी तारीख़ थी। वर्ना परीक्षा में बैठने नहीं मिलेगा।

मंजू स्कूल जाने की तैयारी में जुट गयी। पर उससे पहले उसे अपने पिताजी से बात करनी थी।

'पिताजी ...स्कूल की फीस भरनी थी। आज आखिरी...'

'ओह, हाँ मैं भूल गया था।' पिताजी ने कहा और फिर अपनी शर्ट की जेब से पैसे निकाल कर मंजू को पकड़ा दिया। 'संभाल कर ले जाना, ठीक है?' पिताजी ने हिदायत दी।

'जी पिताजी।' मंजू जानती कि ये पैसे अहम थे। बड़ा परिवार था तो अक्सर पैसों की तंगी रहती थी।

बारिश अब रुक गयी थी। मंजू बारिश रुकते ही स्कूल के लिए निकल पड़ी। बारिश की वजह से सड़क खाली-खाली थी। पहली बारिश के बाद की बात ही कुछ और थी।मिट्टी की भीनी भीनी खुशबू मंजू का मन मोह लेती थी। स्कूल मैदान में खड़े हो कर काफी देर तक वह उसका लुत्फ़ उठाती रही। कोने मे खड़ा पेड़ ऐसा लग रहा था जैसे नहा धो कर खड़ा हो। आसमान भी इतना साफ़ लग रहा था। हर जगह नवीनता की खुशबू थी। प्रकृति ने जैसे दिवाली की सफाई की हो।

'मंजू वही खड़ी रहेगी क्या?' सुनीता की आवाज़ ने उसका ध्यान भंग किया

'फीस नहीं भरनी क्या?'

'अरे भरनी है, चल चलते हैं।'

दोनों भाग के परीक्षा शुल्क जमा करने के लिए कतार में खड़ी हो गयी |

मंजू ने पैसों को कसकर पकड़ रखा था। अब भी वह प्राकतिक नवीनता को निहारने में व्यस्त थी, कि अचानक मैडम की आवाज़ ने उसका ध्यान अपनी तरफ़ खींचा।

'ऋत्विका, तुम्हारी परीक्षा की फीस कहाँ है?'

'मैडम, मैं लेकर नहीं आयी।'

'आपका क्या मतलब है?'

'मेरे पास पैसे नहीं हैं, मैडम। मेरे पिताजी की नौकरी चली गई और हमारे पास आय का कोई अन्य स्रोत नहीं है।'

'ऋत्विका मैं समझती हूं, लेकिन हम हर छात्र की फीस इस तरह नहीं छोड़ सकते, नहीं तो स्कूल नहीं चल सकता।'

'मैडम एक बार इस पर विचार करें।'

'ऋत्विका, अगर आपको याद हो तो पिछली बार हमने इस पर विचार किया था, लेकिन हर बार नहीं कर सकते। यह नियमों के खिलाफ है। अगर आपने फीस नहीं भरी, तो हम आपको परीक्षा में बैठने की इजाज़त नहीं दे सकते,' मैडम ने कहा। 'कृपया एक तरफ हटें और अन्य छात्रों को फीस का भुगतान करने दें।'

ऋत्विका चुप चाप कतार से हट गयी। वह सोच में डूबी हुई थी। क्या करें अब वह? सोच सोच के उसके सिर में दर्द होने लगा था।

किसी से पैसे उधार भी तो नहीं मांग सकती। पिछले महीने ही उसने अपनी दोस्त से कुछ पैसे लिए थे। घर जाने के अलावा कोई चारा ही नहीं था उसके पास। बेमन से अपना बैग उठा के वह स्कूल के फाटक की तरफ बड़ी। कदम भी जैसे जवाब दे रहे थे। वह सोच के आयी थी की मैडम को मना लेगी | बाबा को पता चलेगा तो वह और मायूस हो जाएंगे।

'ऋत्विका! ऋत्विका, कहाँ खोयी हो?'

ऋत्विका ने पलट कर देखा तो मैडम उसे बुला रही थी। 'ओह माफ़ करना मैडम मैंने सुना नहीं था। जी कहिए।'

'तुम्हारी फीस जमा हो गयी है।'

'सच! धन्यवाद मैडम। थैंक यू इस बार भी मेरे परिस्थिति को समझने के लिए।'

'नहीं, इस बार स्कूल ने नहीं, मंजू ने भरी है तुम्हारी फीस।'

'मंजू ने...' ऋत्विका ने आसूँ भरी आंखों से मंजू की तरफ देखा। मंजू खुले आसमान को निहार रही थी।

'मंजू। धन्यवाद मंजू,' ऋत्विका ने कहा और मंजू को गले से लगा लिया।

मंजू ने हालांकि एक अच्छा अच्छा काम किया था, एक जरूरतमंद की मदद की थी, और ये सीख उसे माता पिता से ही मिली थी, लेकिन अब सर पर एक नयी चिंता थी। उसने अपनी मैडम से कहा था कि वो अगले दिन फ़ीस जमा कर देगी, लेकिन वह जानती थी कि यह उसके पिता के लिए भी मुश्किल होगा। वह अपना दोपहर का भोजन भी नहीं कर पाई और पूरे दिन बहुत चिंतित रही।

'मंजू, तुमने आज टिफ़िन खत्म नहीं किया?'

'मुझे भूख नहीं थी, माँ।'

'तुम्हें भूख नहीं थी? तुम तो हमेशा भोजन के लिए तैयार रहती हो? ठीक हो ना तुम?'

'हाँ, ठीक हूँ। मुझे सच में भूख नहीं थी।'

'तो अभी कुछ खा लो।'

'नहीं मां अभी नहीं। पिताजी घर पर हैं क्या?'

'हाँ।'

‘पिताजी, पिताजी। वह चिल्लाई।’

‘क्या हुआ, बेटा? सुना है तुमने खाना नहीं खाया,’ पिताजी ने कहा।

‘पिताजी, मुझसे एक गलती हो गयी है,’ मंजू ने अपने पिता द्वारा पूछे गए सवाल को नज़रअंदाज़ करते हुए कहा।

‘कैसी गलती?’

‘मुझे फिर से अपनी परीक्षा फीस की आवश्यकता होगी।’

‘क्यों? क्या पैसे कहीं गिर गए? मैंने सावधान रहने के लिए कहा था ना? क्या तुमने अपने बैग में ठीक से जांच की? क्या अपने शिक्षकों को सूचित किया? वे स्कूल में तलाश कर सकते थे।’

‘नहीं, मैंने पैसे खोये नहीं नहीं पिताजी। किसी को दे दिए।’

‘दे दिए?’ पिताजी आश्चर्य से बोले

‘मैंने आज ऋत्विका की फीस दे दी, पिताजी। उसके पिता की नौकरी चली गई है।’

यह सुनकर उसके पिता कुछ देर चुप रहे।

‘आप गुस्सा हो ना, पिताजी? दोबारा नहीं करूंगी।’

‘अरे नहीं, बच्चे,’ पिताजी धीरे से बोले। तुमने सही काम किया है। एक जरूरतमंद की मदद की है। परेशानी बस इतनी हैं की मेरा वेतन अभी आया नहीं है। मेरे पास कल देने के लिए पैसे नहीं हैं।

पर तुम इसके बारे में चिंता मत करो, जब तुमने अच्छा काम किया तो चिंता नहीं करनी चाहिए।'

'आप नाराज नहीं हैं?

'नहीं, मुझे गर्व है तुम पर।'

'मां?'

'मैं भी नाराज़ नहीं हूँ।'

'तब मुझे बहुत भूख लगी है।'

मंजू ने कहा और रसोई की तरफ भागी।

मंजू के जाने के बाद पिताजी ने माँ की तरफ देखा। एक तरफ अपनी परवरिश पर गर्व था तो दूसरी और फीस जमा करने की परेशानी।

अगले दिन सुबह मंजू उदास थी। आज फीस न दी तो उसको भी परीक्षा में बैठने नहीं मिलेगा।

'माँ, आज छुट्टी ले लूँ?' उसने दबी आवाज़ में माँ से कहा।

'अरे क्यों? फीस का सोच रही है ना? परेशान मत हो, यह लो पैसे।'

'कहाँ से आये?' मंजू और उसके पिताजी एक साथ बोले।

'मेरी चीनी के डिब्बे से,' माँ ने कहा।

'मतलब?'

'अरे घर खर्च से बचा कर कुछ पैसे में हर महीने जमा कर लेती हूँ। ऐसे ही वक़्त के लिए।'

मंजू ने माँ को कस के गले से लगा लिया।

आज एक बात तो साबित हो ही गयी!

'आप दिल से कुछ अच्छा करें तो ज़िन्दगी आपको हारने नहीं देती।'

रहीम दास का दोहा जो उनके जीवन की सीख को दर्शाता है.

वे रहीम नर धन्य हैं, पर उपकारी अंग।

बांटन वारे को लगे, ज्यों मेंहदी को रंग॥

भावार्थ: रहीम कहते हैं कि वे लोग धन्य हैं जिनका शरीर सदा सबका उपकार करता है. जिस प्रकार मेंहदी बांटने वाले के अंग पर भी मेंहदी का रंग लग जाता है, उसी प्रकार परोपकारी का शरीर भी सुशोभित रहता है|

★★★

९. गुड़िया की शादी

'ये होम साइंस की क्लास क्यों होती है?' स्कूल के गेट से निकलते हुए मंजू बुदबुदाई।

ऐसा नहीं है कि मंजू को गृह विज्ञान बिल्कुल पसंद नहीं था, उसकी रुचि खाना पकाने और सिलाई-बुनाई में भी थी।

पर यहां सवाल गुड़िया-विवाह में शामिल होने और परीक्षा के लिए स्कर्ट सिलने के बीच में से किसी एक को

चुनने का था। चाहती तो वह गुड़िया विवाह में ही शामिल होना थी| पर सवाल ये था की कैसे?

‘दीदी, उषा दीदी।’ मंजू ने अपनी बड़ी बहन को आवाज़ लगाई।

‘आज मुझे दीदी बुला रही है? क्या चाहिए मंजू?’ उषा ने हंसकर पूछा

‘नहीं, नहीं; मैं बस पूछ रही थी, क्या तुम चाय पीयोगी? मैं अपने लिए बनाने जा रही हूं।’

‘बेशक!’

‘क्या मैं चाय के साथ नुकड़ से समोसे भी ले आऊं?’

‘नेकी और पूछ? बिलकुल ले कर आ!’

जब वे समोसे और गरम गरम चाय का आनंद ले रहे थे, मंजू ने मासूमियत से पूछा, ‘दीदी,आज, मिनी ने हमें अपनी गुड़िया की शादी के लिए बुलाया किया है। क्या तुम चलोगी?’

‘नहीं, मैं अब बड़ी हो गई हूँ। ये गुड़िया और उनकी शादियां तुम जैसे बच्चों के लिए हैं। अब मेरे लिए नहीं।’ दीदी ने गंभीर स्वर में कहा।

‘लेकिन उसे बुरा लगेगा। तुम्हें जाना चाहिए।’

‘अगर मैं नहीं जाऊंगी तो उसे बुरा क्यों लगेगा? वह तुम्हारी दोस्त है ना?’ उषा ने हैरानी भरे स्वर में कहा।

‘क्योंकि किसी को हमारे घर से तो जाना चाहिए न, मैं नहीं जा सकती। मेरी गुड़िया की शादी में आई थी ना वो।’ मंजू ने कहा।

'लेकिन तुम क्यों नहीं जा रही हो?'

'मैं नहीं जा सकती, मुझे अपने गृह विज्ञान असाइनमेंट के लिए एक स्कर्ट बनानी है। कल ही देनी है। नहीं तो मैं तुम्हें जाने के लिए नहीं कहती।,'मंजू ने अपनी आवाज़ में मिठास घोलकर कहा।

'हम्म...' दीदी कुछ देर सोचती रही।

'क्या तेरे पास स्कर्ट के लिए कपड़ा है?'

'हाँ मेरे पास है, और मैंने इसे माप के अनुसार काट लिया है। सिलाई का ही काम बचा है।' मंजू ने जवाब दिया।

'अच्छा कितने बजे जाना है?' उषा कप और प्लेट समेटने लगी, तो मंजू ने कप अपने हाथों में ले लिया और कहा,

'पांच बजे, दीदी।मैं आपको कपड़ा दिखाती हूँ|'

मंजू कटा हुआ कपड़ा दीदी के पास लेकर आयी|

ऊषा ने उसका मुआयना कर के कहा 'यह तो तूने काफी छोटा काट दिया है| छोटे बच्चे की स्कर्ट भी नहीं बनेगी'

यह सुनते हुए मंजू की तो सिट्टी-पिट्टी गुम| क्या करे वह, नया कपड़ा लाने का अब समय नहीं था |गुड़िया की शादी तो दूर, उसे अब मैडम से डाँट की ज्यादा चिंता थी |

'साथ में सोचते हैं, कुछ न कुछ हल निकल जाएगा' दीदी ने उसे मायूस देख कहा|

'मेरे पास कुछ लैस है, हरे और नीले रंग की, उसको अगर इनके नीचे सिल दे तो?' मंजू ने पूछा

'हाँ और फिर भी छोटी रही स्कर्ट तो मेरे पास भी पड़ी है लाल रंग की लैस, वह लगा देंगे'

कुछ देर तक दोनों फिर स्कर्ट सिलने में जुट गए | हरी नीले लैस लगाकर स्कर्ट अब और भी सुन्दर लग रही थी|

'अब तू जा, मैं बाकी का काम कर दूँगी। गुड़िया की शादी का आनंद ले!' उषा मुस्कुराई।

'थैंक यू, दीदी। तुम कितनी अच्छी हो।'

साथ मिलकर किसी भी समस्या का हल निकाला जा सकता है|

कबीर का दोहा जो उनके जीवन की सीख को दर्शाता है.

श्रम से ही सब कुछ होत है, बिन श्रम मिले कुछ नाही।

सीधे ऊँगली घी जमो, कब सू निकसे नाही॥

भावार्थ: जिस प्रकार जमे हुए घी को निकालने के लिए उंगली को टेढ़ा करना आवश्यक है, इसी प्रकार लक्ष्य की प्राप्ति के लिए मेहनत करना भी आवश्यक है प्रस्तुत दोहे हमें यह सीख देता है कि हमें कभी यह नहीं सोचना चाहिए कि बिना परिश्रम किए ही हम अपने लक्ष्य तक पहुंच जाएंगे।

★★★

१०. दुर्लभ रत्न

आज चेतन जी ऑफ़िस से निकले तो बहुत खुश थे। खुशी दोहरी थी। पहली ये की उनकी बेटी मंजू ने एम ए की परीक्षा फ़र्स्ट डिवीजन से पास की थी। आसान नहीं था उसके लिए। आर्थिक परिस्थितियों को देखते हुए वह करेस्पोंडेन्स कोर्स से एम ए कर रही थी। कभी इस सहेली से, तो कभी उस सहेली से किताबें लेकर पढ़ाई की पर हार नहीं मानी थी मंजू ने।

'रिज़ल्ट के अलावा एक और सरप्राइज है, मंजू सुनेगी तो खुशी से झूम उठेगी।' मुस्कराते हुए चेतन जी घर की तरफ चल दिए।

घर के पास वाली मिठाई की दुकान पर रुक कर आधा किलो लड्डू पैक कराया और घर की ओर चल पड़े। जुलाई की ये शाम सुकून भरी थी। घर में घुसे तो अगरबत्ती की सुगंध ने स्वागत किया। मंजू की माँ सांझ की पूजा कर रही थी।

'मंजू ,मंजू।' चेतनजी ने बेटी को आवाज़ दी।

'हाँ, पिताजी।' मंजू बैठक में ही बैठी अखबार देख रही थी। झट से उठकर पिता के हाथों से उनका बैग लिया और उनके लिए पानी लेने चली गयी।

'क्या कर रही है मेरी बेटी?' चेतन जी ने पानी का ग्लास लेते हुए कहा।

'कुछ नौकरी की वेकेंसी थी, उसी को देख रही थी, पिताजी। आपको कुछ काम था?'

'क्या बात हैं, अभी परीक्षा फल आया ही है और तूने नौकरी भी ढूढ़नी शुरू कर दी?'

'आ गया परिणाम? कैसे नंबर आए हैं मेरे?' मंजू उत्साहित भी थी और थोड़ी घबरायी भी।

'हाँ, पहले लड्डू खा! फिर बताता हूँ।'

'अरे वाह, मेरी पसंद के लड्डू, पास तो हो गयी मतलब।' मंजू बोली।

'सिर्फ पास नहीं, तू फ़र्स्ट डिवीजन से पास हुई है। मैं जानता हूँ तूने किन परिस्थितियों में पढ़ाई की है। ये तेरी मेहनत का फल है। मुझे गर्व है तुझ पर।'

मंजू ने नम आंखों से अपना परीक्षाफल देखा। एक गहरा संतोष था उसके मन में। वो खुशी से झूमती पूरे घर में घूम रही थी।

'अरे, मेरी आगे की बात तो सुनती जा।' पिताजी ने फिर आवाज़ लगायी।

मंजू उनके पास आकर खड़ी हो गयी।

'हमारे विभाग में एक वैकेंसी है। काम अच्छा है और तुम नौकरी के लिए पूरी तरह से योग्य हो। मेरे पास आवेदन है, तुम इसे भरकर मुझे दे दो।'

आज तो जैसे मंजू जन्नत भी मांग लेती तो उसको मिल जाती। आवेदन पत्र हाथ में लेते ही उसकी आंखें फिर से गीली हो आई।

'थैंक यू पिताजी!' कह कर वह वहां से भाग आयी।

वह अपनी माँ और पिताजी की मदद करने में सक्षम होने जा रही थी और इस बारे में सोच कर ही उसे इतनी खुशी हो रही थी। उसने तुरंत फॉर्म भरा और पिताजी को दे दिया।

'माँ मैं कुछ देर नीतू के घर हो आऊं? काफी दिनों से मिली नहीं हूँ।'

'हाँ जा, लड्डू भी लेती जाना।'

'नीतू, नीतू दरवाजा तो खोल!' मंजू कुंडी खटकाते हुए बोली।

'धैर्य का नाम सुना हैं कभी, मंजू?' नीतू ने दरवाज़ा खोलते हुए कहा।

'सुना है पर आज तो नहीं है मेरे पास ! ले लड्डू खा। मेरा फ़र्स्ट डिवीज़न आया है एम ए में।'

'अरे वाह, मंजू! यह तो सच में बहुत खुशी की बात है !' नीतू ने लड्डू खाते हुए कहा।

मंजू अंदर आई तो नीतू के भैया कुर्सी पर बैठे अखबार देख रहे थे। 'अरे, राजीव भैया घर पर? इस समय? आज ऑफिस नहीं हैं क्या उनका?' मंजू ने पूछा।

'नहीं, तू छोड़ न,' नीतू में मंजू का हाथ दबाते हुए कहा।

'राजीव भैया, लड्डू खाओगे?'

'हाँ बिलकुल, और बधाई हो मंजू, इतने अच्छे रिज़ल्ट के लिए।'

'थैंक यू!'

'अच्छा नीतू, मैं बाहर से हो कर आता हूँ। पिताजी की दवा खरीदनी है।' और राजीव भैया चले गए।

'कुछ हुआ है क्या?' मंजू ने फिर पूछा।

'भैया की नौकरी चली गयी है, बहुत परेशान हैं वो,' दबी सी आवाज़ में नीतू बोली।

'ओह।' थोड़ी देर उसे समझ नहीं आया कि वो क्या कहे। 'कोई नहीं दूसरी मिल जाएगी, तू चिंता मत कर।' कुछ सोचकर उसने कहा।

'और, काका की तबियत ज़्यादा ख़राब हो गयी हैं क्या?'

'हां, बाथरूम में गिर गए थे। अब बिस्तर पकड़ लिया है उन्होंने। बी पी, शुगर और कोलेस्ट्रॉल की तकलीफ़ तो पहले से ही है।'

दोनों बातें करते करते रसोई में चली गयीं। नीतू ने चाय का पानी चढ़ा दिया।

'अरे बाप रे, इतना कुछ हो गया और तूने कुछ बताया भी नहीं।' मंजू की आवाज़ में नाराज़गी थी।

'अरे, तेरे एक्साम्स चल रहे थे, फिर हम मिले भी तो नहीं कितने दिनों से।'

'तो घर आ जाती, माँ से बात कर लेती। कोई और मदद नहीं तो खाना तो बना बनाया मिल जाता। थोड़ा आराम हो जाता तुझे भी। तुझ पर गुस्सा आ रहा है मुझे।' मंजू ने तमतमाते हुए कहा।

'अरे बाबा सॉरी, इतनी परेशान थी कि मेरे दिमाग में नहीं आया।'

नीतू ने गहरी सांस भरी। चाय बन गयी तो वो बैठक में आ गए।

'एक तो पैसे की परेशानी वैसे ही बनी रहती है। अब पिताजी काम पर नहीं जा रहे और भैया की भी नौकरी चली गयी है। पता नहीं क्या...' नीतू बात पूरी नहीं कर पाई और फफक कर रो पड़ी।

मंजू ने बढ़कर अपनी दोस्त को गले लगा लिया।

मंजू वापस आयी तो अंधेरा हो गया था। उसके चेहरे पर भी मायूसी की छाया थी। मां ने मंजू को देखा तो वो भी परेशान हो गयी।

'क्या हुआ? गयी थी तो इतनी खुश थी। अब उदास क्यों लग रही है?'

मंजू ने माँ को सब बताया। 'हमम...बात तो परेशानी की है, पर सब ठीक हो जाएगा। मैं जाऊंगी कल उसके घर। चल खाना खा ले।'

रात के खाने पर मंजू अपने पिताजी से बात करने चली गई। उसने काफी देर सोचने के बाद फैसला कर लिया था।

'पिताजी, मैं इंटरव्यू के लिए नहीं जाऊंगी।'

'क्यों? यह सिर्फ एक औपचारिकता है, लेकिन फिर भी तुझे देना चाहिए।' चेतन जी हैरान थे। वह काम शुरू करने के लिए इतनी उत्सुक थी और महीनों से उन्हें तंग कर रही थी।

'नहीं, मेरा मतलब है कि मैं अपना आवेदन वापस ले रही हूं?'

'लेकिन क्यों? तू तो –'

'हां पिताजी, मुझे काम करना है, लेकिन यह नौकरी नहीं।'

'लेकिन बात क्या हुई?'

'मैं चाहती हूँ कि आप ये नौकरी नीतू या राजीव भैया को दिला दो।'

उसके पिताजी कुछ कहते, इससे पहले मंजू ने बताया 'उसके पिता बीमार हैं और भाई की नौकरी चली गई है। उसे इसकी ज्यादा जरूरत है, पिताजी।'

चेतन जी ने बस कुछ देर उसकी तरफ देखा और फिर आकर उसके माथे को चूम लिया।

उन्होंने कहा, 'इसी वजह से इंसानियत अभी तक जिंदा है।'

ऐसा ही व्यक्तित्व था मंजू का। जब किसी की मदद की बात आती थी, तो वह बिना सोचे समझे अपना सब कुछ दे देती थी। वास्तव में एक दुर्लभ रत्न|

कबीर का दोहा जो उनके जीवन की सीख को दर्शाता है.

कबीर सो धन संचे, जो आगे को होय।

सीस चढ़ाए पोटली, ले जात न देख्यो कोय॥

भावार्थ: हमें उस धन का संग्रह करना चाहिए जो आगे का हो, परोपकार का धन| जीवन समाप्त हो जाने पर जो काम आए, सांसारिक धन को अपने सर पर पोटली की तरह लाद कर किसी को ले जाते नहीं देखा है, कोई नहीं ले जाता है, सब यहीं रहना है|

★★★

११. इंडिपेंडेंस डे

आज स्वतंत्रता दिवस था। हर जगह एक अलग ही जोश था। मंजू का स्कूल भी सजा हुआ था और काफ़ी गहमागहमी थी। मंजू अभी स्कूल का गेट खोलकर अंदर आई ही थी कि प्यून ने उसे पुकारा। 'मैडम, प्रिंसिपल का फोन है।'

'मंजू जी, आज स्वतंत्रता दिवस पर आपको भाषण देना होगा।' प्रिंसिपल मैडम ने फ़ोन पर कहा।

'क्यों मैडम? आप नहीं आएंगी?'

'नहीं, मेरे बेटे की तबीयत अचानक खराब हो गयी है। मुझे अभी उसके हॉस्टल के लिए निकलना होगा।' प्रिंसिपल ने कहा।

'आप सबसे सीनियर टीचर हैं तो ये ज़िम्मेदारी आप पर है।'

मंजू वहीं ऑफ़िस में कुर्सी पर बैठ गयी। अब क्या करे वो? ऐसा नहीं था कि मंजू किसी चीज़ से घबराती थी। या वो बोलने में सक्षम नहीं थी। उसे उसकी जानकारी का विषय मिले तो वो घंटों बोल सकती थी। पर सार्वजनिक भाषण? स्टेज पर चढ़कर, जब सबकी निगाहें उस पर होंगी? ये उसने पहले कभी नहीं किया था। उसे घबराहट होने लगी।

उसने जल्दी से अपने घर के लैंडलाइन पर फ़ोन मिलाया। शुक्र था कि उसके पति घर पर थे। 'क्या हुआ?' उन्होंने पूछा।

'मुझे स्वतंत्रता दिवस भाषण देना है?'

'तुम्हें? अरे वाह, यह तो बहुत अच्छी बात है|'

'मैं कैसे करूंगी?'

उनके पति, जो हमेशा एनसीसी के प्रमुख रहे थे और अपने स्कूल में अक्सर भाषण दिया करते थे, को समझ नहीं आ रहा था कि इसमें घबराने वाली क्या बात थी।

'ये इतना मुश्किल नहीं है।' उन्होंने कुछ देर बाद कहा

'इतना आसान भी नहीं है, कम से कम मेरे लिए तो नहीं है। एक दो दिन का वक्त होता तो मैं तैयारी कर लेती, पर ऐसे अचानक...'

'मंजू, देखो तुम्हें अपने देश से प्रेम है, तुम अपने देश का इतिहास भी अच्छे से जानती हो, तो चिंता मत करो,'

'और सबसे अहम बात, अपने विद्यार्थियों को रोमांचित तरीके से पढ़ाना तो तुम्हारी खूबी है' उसके पति ने कहा

‘हाँ मुझे उनको कहानी के माध्यम से पढ़ाना तो अच्छा लगता है’

‘बस, फिर? जाओ, और सब कह डालो। अपने, चिरपरिचित, प्रभावशाली अंदाज में।’

मंजू चुप हो गयी। पति की बातों ने उसका दिल छू लिया।

‘पर, स्टेज पर, सबके सामने...’

‘तुम एक साथ इतने बच्चों को पढ़ाती हो। वहां सब तुम्हारे बच्चे हैं। तुम जानकार हो, फिर फ़िक्र किस बात की?’ उसके पति ने उत्साह बढ़ाते हुए कहा।

‘पर भाषण अंग्रेजी में देना है। तुम जानते हो कि मेरी सम्वादी अंग्रेजी इतनी अच्छी नहीं है।’

‘तो हिंदी में भाषण दो, मंजू।

‘तुम क्या कहती हो, ये जरूरी है। तुम किस भाषा में कहती हो वह जरूरी नहीं।’

‘ठीक हैं, कोशिश करती हूँ।’ कह कर उसने फ़ोन रख दिया

उस दिन जब ५० वर्षीय मंजू, जब मंच पर चढ़ी उसके दिल की धड़कन बढ़ी हुई थी | किन्तु जैसे ही उसने अपने बच्चों को वहाँ बैठे देखा,जोश से भर गयी वह|

‘मेरे प्यारे बच्चों और संगी साथियों, आपकी आज़ादी की आप सबको हार्दिक बधाई।। आज के दिन से ही हमें आज़ाद हिंदुस्तान में जीने का मौका मिला’

शुरुवात में ही बच्चों और साथीयों की तालियों ने उसका मनोबल बढ़ा दिया| जब उन्होंने भाषण दिया, तो

हर कोई मंत्रमुग्ध था। उसका स्कूल तालियों की गड़गड़ाहट से गुंजायमान हो उठा था | मंजू जब स्टेज से नीचे उतरी उसके चेहरे पर एक संतुष्ट मुस्कान थी।

यह मंजू के लिए एक जीत थी, उनके डर पर जीत। और हम सभी के लिए एक सबक कि अगर आप में कुछ करने का जोश है तो उम्र कोई बाधा नहीं है। और ये भी कि आपकी ज़िन्दगी में आपका उत्साह बढ़ाने वाला कोई हो तो ज़िन्दगी थोड़ी आसान हो जाती है।

रहीम दास का दोहा जो उनके जीवन की सीख को दर्शाता है.

जिन खोजा तिन पाइया, गहरे पानी पैठ।

मैं बपुरा बूडन डरा, रहा किनारे बैठ॥

भावार्थ: इस दोहे से हमें यह शिक्षा मिलती है कि यदि हम मेहनत करने से डरेंगे तो हमें कुछ भी प्राप्त नहीं होगा। क्योंकि किनारे पर बैठने से पानी के तल में छिपा खजाना नहीं मिल सकता।

★★★

१२. धमकी

स्कूल में एक्साम्स की तैयारियां चल रही थी और सारे अध्यापक प्रश्न पत्र बनाने में व्यस्त थे|

'मैडम, वार्षिक परीक्षाओं की डेट शीट तैयार हो गयी है और क्वेश्चन पेपर्स भी लगभग तैयार हैं,' मंजू ने कहा पर प्रिंसिपल मैडम ने कोई जवाब नहीं दिया।

'मैडम?'

'अ...हाँ, क्या कहा आपने, मंजू मैडम?'

'क्या हुआ, कोहली मैडम? आप कुछ परेशान लग रही हैं।'

'नहीं, नहीं, कुछ नहीं। बस ऐसे ही,' मैडम ने टालते हुए कहा। 'हाँ, तो आप क्या कह रही थीं?'

फिर कुछ परीक्षा संबंधी बातें हुई और मंजू प्रिंसिपल के ऑफ़िस से बाहर आ गयी। मैडम परेशान थीं इसमें कोई शक नहीं था पर मंजू ने जोर नहीं दिया।

अगले दिन जब मंजू स्कूल से घर पहुंची, तो प्रिंसिपल मैडम की बेटी उसके घर पर ही थी।

'अरे रिया तुम? स्कूल ख़तम हो गया?'

'नहीं, आंटी।' वो सहमी सी बैठी हुई थी।

'क्या हुआ बेटा, ऋचा कहाँ है?' मंजू ने अपनी बेटी के बारे में पूछा।

'वो तो स्कूल में है। मुझे शर्मा अंकल घर छोड़ गए, मैं अपने पापा का इंतज़ार कर रही हूँ।'

'अच्छा, चलो कुछ खा लो तब तक।' कह कर मंजू रसोई में चली गयी।

कुछ तो गड़बड़ है। उसका दिमाग़ बार बार यही कह रहा था। तब तक उसके पति भी आ गए। 'क्या हुआ है?' उसने पूछा।

'अरे कुछ बच्चे इसे परेशान कर रहे थे। कॉलेज के बच्चे थे। मैंने वहां तो उनको रोक दिया। बहुत डरी हुई थी इसलिए घर छोड़ दिया। सर को फ़ोन कर दिया है। वो भी इसे लेने आते होंगे। पता नहीं क्या माजरा है,' मंजू के पति ने कहा। 'कोहली मैडम ने तुमसे कुछ कहा क्या?'

'नहीं। प्रिंसिपल मैडम परेशान तो लग रही थीं पर कुछ कहा नहीं।'

करीब आधे घंटे के बाद कोहली मैडम और सर दोनों ही आ गए।

'मैडम, क्या हुआ है? अब तो बताइये।' मंजू ने चाय देते हुए पूछा।

'मैं आपको क्या बताऊं, आप जानते हैं कि मेरे पति विश्वविद्यालय में प्रोफेसर हैं। उन्होंने कुछ छात्रों को नकल करते हुए पकड़ा और उनका पेपर छीन लिया और परीक्षा हॉल के बाहर खड़ा कर दिया। अब यह एक बहुत बड़ा मुद्दा बन गया है।

'क्यों? और क्या प्रशासन इस बारे में कुछ नहीं कर रहा है?'

'कम्प्लेन तो कर दी है, पर कार्रवाई अभी चल ही रही है' कोहली सर ने कहा

'आज जो हुआ उसके बाद डर लगने लगा है|' मिसेज़ कोहली बोली

'आज की घटना है तो चिंताजनक। पर डर की वजह से क्या बच्ची को घर बैठा दें?' मंजू ने कहा

'पर उसे स्कूल कैसे भेजें?'

'इसका एक समाधान हो सकता है,' मंजू ने कहा।

'देखिए, मेरे पति उसी स्कूल में पढ़ाते हैं। वह स्कूल के समय नजर रख सकते हैं। दोपहर के वक्त स्कूल खाली होता है, तब वह मेरी बेटी के साथ घर आ सकती है। तो उसे अकेले नहीं रहना पड़ेगा।'

'क्या आपको यकीन है? कोई समस्या नहीं होगी?आज भी सत्य प्रकाश सर को इतनी परेशानी उठानी पड़ी'

'कोई परेशानी नहीं है, मैडम। अगर हम एक दूसरे की मदद नहीं करेंगे तो और कौन करेगा?'

उसके पति ने भी उसका साथ दिया। मंजू और उसका परिवार हमेशा अपने दोस्तों के लिए और विशेष रूप से जरूरत के समय में उनके साथ ही खड़े होते थे।

रहीम दास का दोहा जो उनके जीवन की सीख को दर्शाता है.

तरुवर फल नहिं खात है, सरवर पियहिं न पान।

कहि रहीम पर काज हित, संपति सँचहि सुजान॥

भावार्थ: इस दोहे से हमें यह शिक्षा मिलती है कि अपनी स्वार्थपूर्ति में तो सब लगे रहते हैं, किंतु जो परहित में लगा रहता है वही श्रेष्ठ जन है। दूसरों की हित साधना ही वास्तविक मानव धर्म है।

★★★

१३. कौन है?

मंजू की नींद खुली तो बाहर घुप्प अंधेरा था। उसकी नींद क्यों खुली थी? पता नहीं? कोई सपना था या कहीं कुछ गिरा था या बाहर सड़क पर से कोई आवाज़ आयी थी या...कहीं घर के अंदर तो...

वो उठ कर बैठ गयी। नज़र सीधी उसके छोटे से आंगन पर गयी। तुलसी का दीपक अब भी टिमटिमा रहा था। रात को सोने से पहले उसके पति ही बाहर गए थे, ये दीपक रखने।

'बाहर का दरवाज़ा ठीक से बंद कर देना।' वो आवाज़ लगाकर सो गयी थी। आमतौर पर वो दरवाज़ा खुद बंद करती थी पर उस दिन उसे इतनी नींद आयी थी कि बस।

तभी एक अजीब सी आवाज़ आई और वो सतर्क हो गयी। बच्चे बेडरूम में उसकी बगल में सो रहे थे और उसके पति बैठक में सो रहे थे।

आवाज़ फिर से आई जैसे कोई सामान उलट पुलट रहा हो। और ये आवाज़ बाहर से नहीं आ रही थी। उसका दिल जोरों से धड़कने लगा। अंधेरे कमरे में कुछ अगर दिख रहा था तो वो थी दीवार पर टंगी रेडियम घड़ी जो ११ बजा रही थी।

कहीं उसके पति तो नहीं उठे... नहीं उनके तो खर्राटों की आवाज़ आ रही थी। पर कोई तो था। 'कौन है?' उसके मुंह से निकलते-निकलते रह गया। जो भी है वो बैठक में है। पर बंद दरवाज़े से कोई अंदर कैसे आ सकता है? मंजू ने सोचा।

तभी बाहर तेज़ हवा चली और पत्तों के सरसराने की रहस्यमयी सी आवाज़ आई। कहीं कोई भूत...नहीं-नहीं, मंजू ने खुद को डपटा। मैं भी ये क्या सोचने लगी।

शायद कोई चोर घुस आया हो? उसने अपने बच्चों की तरफ देखा जो बेखबर, चैन की नींद सो रहे थे।

उसे बिल्कुल आवाज़ नहीं करनी है। उसकी आवाज़ सुनकर चोर सचेत हो गया तो? क्या पता हमला ही कर दे? क्या पता चाकू लेकर आया हो। वो धीरे से उठी। दरवाज़े के पास डंडा रखा था। उसने उठा लिया।

उसने बैठक में झांकर देखा तो बाहर का दरवाज़ा खुला था। और दरवाज़े के पास रखी अलमारी भी। एक साया दिखा जो अलमारी के अंदर झांक रहा था। वो धीरे से, दबे पांव अलमारी के पास जा कर खड़ी हो गयी। अब उसके मन में डर का कोई नामो निशान नहीं था, अपने परिवार को बचाने की तरकीब सोच रही थी |

वो साया सामान समेटने में व्यस्त था। क्या करे? वो तो शायद मंजू से ज्यादा ताकतवर होगा।

मंजू ने डंडे को बाहरी दरवाज़े की तरफ फेंक दिया। वो साया अचानक आई आवाज़ से चौंक गया और हड़बडा कर बाहर देखने लगा। यही मौका था। मंजू अपनी पूरी ताक़त से उसपर झपटी और उसे जोर से धक्का दिया। बैठक एक छोटा सा कमरा था और अलमारी बिल्कुल दरवाज़े के पास। चोर धक्का खाकर कमरे से बाहर जा गिरा। मंजू ने कूदकर झट से दरवाज़ा लगा दिया।

वो अब और चुप रहना बर्दाश्त नहीं कर सकती थी। दरवाज़ा लगाते ही वो जोर से चिल्लाने लगी। 'चोर! चोर!'

उसकी आवाज़ सुनकर उसके पति और बच्चे उठ गए। आस पास से पड़ोसी भी आ गए| कुछ लोग चोर के पीछे भी भागे, पर पकड़ नहीं पाए |

सबने मंजू के धैर्य और बहादुरी की बहुत सराहना की |

तुलसी दास का दोहा जो उनके जीवन की सीख को दर्शाता है.

सूर समर करनी करहिं, कहि न जनावहिं आप।

विद्यमान रिपु पाई रन, कायर करहिं प्रलाप॥

भावार्थ: तुलसीदास के अनुसार बहादुर व्यक्ति अपनी वीरता युद्ध के मैदान में शत्रु के सामने युद्ध लड़कर दिखाते हैं और कायर व्यक्ति लड़कर नहीं बल्कि अपनी बातों से ही वीरता दिखाते हैं।

★★★

१४. पार्वती

उन दिनों मंजू का तबादला पासीघाट के एक स्कूल में हो गया था। वो एक शिक्षिका थी और अपने काम से बेहद प्यार था उसे। पढ़ाना, सिखाना, किसी विद्यार्थी को समझ ना आए तो फिर से समझाना, प्यार से, धैर्य से। बच्चों को भी मंजू मैडम से खासा लगाव था।

पासीघाट भारत के उत्तर पूर्वी राज्य अरुणाचल प्रदेश का एक शहर है, प्राकृतिक सुंदरता से परिपूर्ण और बेहद शांत।

मंजू अक्सर पांच बजे से भी पहले ही उठ जाया करती थी और इतनी सुबह ही वहाँ खूब रौशनी हो जाती थी। घर का सारा काम निपटा कर, खाना बनाकर स्कूल के लिए निकल जाती। बाहरी नजारा दर्शनीय होता था, हर तरफ़ हरियाली। कभी- कभी तो लगता जैसे यह शहर बादलों की गोद में बसा हो।

दिन गुजरते गए। सब कुछ वैसा ही था पर अब उसका शरीर थकने लगा था। घर का सारा काम, नौकरी की परेशानी –वो बिल्कुल थक जाती। किसी चीज़ का वक्त नहीं था। ना परिवार के साथ ठीक से वक्त बिताने का, ना आराम करने का| इस वजह से उसकी डायबिटीज भी अब बढ़ रही थी|

'नीता जी, अगर आप किसी को जानती हों जो घर का काम कर दे तो बताईयेगा।' मंजू अभी अपना क्लास ख़त्म कर के स्टाफ़ रूम में आयी थी। उसने अपना बैग सेंटर टेबल पर रखा और एक कुर्सी पर बैठ गयी।

'जरूर बताऊंगी, मंजू मैडम,' मिसेज़ नीता ने कहा। 'वैसे पासीघाट में घर का काम करने वाली बाईयों का अकाल है।'

'मेरे पास एक पार्वती नाम की औरत थी। पर वो ना तो कभी समय पर आती थी, ना ही अच्छे से काम करती थी। तंग आकर मुझे उसे हटाना पड़ा।' मिसेज़ सिंह ने बताया।

'बाप रे, वो पार्वती?' मिसेज़ धर बोलीं। 'वो तो अपनी मर्जी की मालिक है। जितना काम नहीं करती, उससे ज्यादा तो उसके पीछे किचकिच करते रहो। मैंने भी रखा था एक बार, फिर हटा दिया।'

'ओह,' मंजू ने कहा। 'कोई बात नहीं। कोई भी मिले तो बताईयेगा। अब परेशानी हो रही है मुझे।'

काफी दिन हो गए पर काम करने के लिए कोई ना मिला।

'अब, मुझसे नहीं होता इतना काम।' मंजू अपने पति के साथ चाय पी रही थी। सामने पहाड़ों पर बादल मंडरा रहे थे। शाम के सिर्फ साढ़े चार बजे थे पर अंधेरा होने लगा था।

'तो एक काम वाली रख लो ना।'

'अरे, कहा है मैंने स्कूल में। पर यहां तो जैसे कोई है ही नहीं। बस एक है प्रसिद्ध पार्वती जिसके बारे में तो किसी से एक अच्छी बात नहीं सुनी। सोच रही हूँ उसी को रख लू, कुछ तो आराम हो जायेगा '

'हाँ रख कर देख लो"

अगले दिन मंजू ने स्कूल में कह दिया कि पार्वती को उसके घर भेज दें।

अगले रोज रविवार था। दोपहर के खाने के बाद मंजू आंगन में बैठी थी जब पार्वती आयी। लगभग बीस साल की उम्र होगी। लंबी, पतली और मजबूत। दो वाक्यों में समझ आ गया कि वो ऊंचा सुनती थी। पता नहीं क्या था उसके चेहरे में की तमाम चेतावनियों के बावजूद मंजू ने उसे रखने का फैसला कर लिया।

'ठीक है, कल से आ जाना,' मंजू ने कहा। 'देखो मुझे मदद की जरूरत है, तुमको पैसे की। दोनों का काम हो जाएगा।'

'हम बस झाड़ू, पोंछा, और एक बार बरतन करेगा। कोई और काम नहीं।' उसने सपाट शब्दों में कहा। 'तनखा एकदम समय पर चाहिए। आपको मंजूर है?'

पार्वती का रवैया देख एक बार तो मंजू को अपने निर्णय पर शक हुआ, और थोड़ी हंसी भी आई। फिर उसने सोचा, एक महीने रख के देख लेते हैं।

'ठीक है,' उसने कहा।

'पर तुम जल्दी आ जाओ सुबह, मुझे आठ बजे स्कूल पहुंचना होता है।'

'मैं सात बजे आ जाएगा।' कहकर पार्वती चली गयी। पर अगली सुबह पार्वती नहीं आई। कुछ देर इंतज़ार कर, मंजू ने जल्दी काम निबटाया और स्कूल के लिए तैयार होने लगी।

वो स्कूल जाने के लिए गेट से निकली ही थी की पार्वती सामने से आती दिखाई दी। मंजू को गुस्सा तो आया पर उसने पार्वती को एक और मौका देने का सोचा।

'मैंने तो सारा काम कर लिया पार्वती। और अब तो मैं स्कूल जा रही हूँ। तुम कल आ जाना, ठीक है?' मंजू ने मुस्कुरा कर कहा।

पार्वती का चेहरा देखने लायक था। वो शायद अलग प्रतिक्रिया की अपेक्षा कर रही थी। वो सिर हिला कर चुपचाप चली गयी।

अगले दिन पार्वती समय पर आ तो गयी पर उस दिन उसके अलग नखरे थे।

रसोई में घुसते ही उसने कहा, 'इतना बर्तन हम नहीं धोएगा मैडम।'

मंजू ने वहां रखे छः बर्तन देखे और फिर पार्वती को कहा

'कोई बात नहीं। तुम छोड़ देना, मैं कर लूंगी। झाड़ू पोछा तो करोगी?'

यह सुनकर, पार्वती चुपचाप झाड़ू पोछा करने लगी. पर जाने से पहले उसने पूरे बर्तन भी धो दिए।

अगले दिन वह बोली, 'मैडम, मैं रोज पोंछा नहीं लगाएगा। आपका घर बहुत बड़ा है।'

मंजू ने अपने दो बैडरूम के घर को देखा, फिर उससे कहा, 'हाँ ठीक है, एक दिन छोड़ के लगा देना।'

पार्वती ने मंजू को देखा और उस दिन के बाद रोज़ पोंछा लगाने लगी।

अभी कुछ पंद्रह बीस दिन हुए होंगे, पार्वती मंजू के पास आयी और बोली, 'मैडम, हमको एडवांस में पैसा चाहिए, मेरी माँ बीमार है।'

'क्या हुआ उनको?'

'बड़ी बीमारी है, मैडम। कैंसर है।'

मंजू ने पैसे दे दिए, 'और कुछ भी जरूरत हो तो बोल देना।'

उसके बाद पार्वती ने आना बंद कर दिया।

ये जानने के बाद मंजू की दोस्तों ने अपनी बात दोहराई कि पार्वती पर भरोसा नहीं किया जा सकता | पर फिर भी मंजू को लगा उसे इंतज़ार करना चाइये |

पार्वती करीब एक महीने बाद आयी। वह काफी कमज़ोर लग रही थी।

‘क्या हुआ तुम्हें?’ उसे देख कर मंजू ने पुछा.

वह कुछ नहीं बोल पायी, बस सर हिला दिया.

‘तेरी माँ कैसी है?’

‘नहीं हैं अब।’ पार्वती ने जवाब दिया और रो पड़ी।

उसे रोता देखकर मंजू से उसे अपने पास बुलाया और बैठा लिया। ‘आ बैठ, तू चाय पीयेगी?’ मंजू ने उसके लिए चाय बना दी।

कुछ देर बाद पार्वती शांत हुई और उसने मंजू से पूछा

‘मैडम, क्या मैं आपके यहाँ अब भी काम कर सकती है?’

‘हाँ आ जाना कल से |’

‘एक आप ही हो जिसने मेरी मदद की। मैंने बहुत लोगों से पैसा मांगा पर सबको लगा कि मैं झूठ बोल रहा था। आप मेरी तनखा में से धीरे धीरे पुराने पैसे काट लेना।’

‘तू पैसे की चिंता ना कर।’

सम्मान एक ऐसी चीज है जो आप देंगे तो ही आप इसे वापस अर्जित करेंगे; और सम्मान एक ऐसी चीज है जो हमारे मन में हमेशा दूसरों के प्रति होना चाहिए, चाहे वे किसी भी पद पर हो।

‘मंजू मैडम, पार्वती अब भी आपके घर काम कर रही है?’ एक दिन मंजू की सहेली ने पूछा।

‘हाँ।’

'अरे, वाह! ठीक से कर रही है?'

'बिल्कुल ठीक से।'

'क्या मैं उसे अपने यहां काम पर रख सकती हूँ?'

'ये तो आपको उससे पूछना पड़ेगा, मैडम।'

जो भी पार्वती को नौकरी की पेशकश करने आता था, उसके लिए पार्वती के पास एक ही जवाब था। 'मैं बस मंजू मैडम के घर पर ही काम करेगा।'

और उसने यही किया। जब तक मंजू अरुणाचल में थी, तब तक पार्वती ने उसके घर काम किया और पार्वती ने कभी किसी अन्य घर में काम नहीं किया।

रहीम दास का दोहा जो उनके जीवन की सीख को दर्शाता है|

रहिमन पानी राखिये, बिन पानी सब सून।

पानी गये न ऊबरे, मोती, मानुष, चून॥

भावार्थ: रहीम का कहना है कि जिस तरह आटे का अस्तित्व पानी के बिना नम्र नहीं हो सकता, मोती का मूल्य उसकी आभा के बिना नहीं हो सकता है उसी तरह विनम्रता के बिना व्यक्ति का कोई मूल्य नहीं हो सकता। मनुष्य को अपने व्यवहार में हमेशा विनम्रता रखनी चाहिए।।

★★★

१५. नायाब कलाकृति

आम तौर पर लोग एक या दो बाधाओं को पार कर सकते हैं या शायद तीन, उसके बाद जीवन उनके लिए कष्टमय हो जाता है। आपके रास्ते में आने वाली हर समस्या, हर परेशानी को किसी सुंदर अवसर में बदल देना, यह केवल कुछ चुनिंदा लोगों की क्षमता है, और मंजू उनमें से एक थी।

वो साल 2017 था। घर में चारों तरफ उत्साह था। मंजू की सबसे छोटी बेटी की शादी नजदीक थी।

तीन साल तक डायलिसिस पर रहने के बाद आखिरकार मंजू का किडनी ट्रांसप्लांट हो गया था| यद्यपि इम्यूनोसप्रेसेन्ट्स और अन्य दवाइयां अपने ही प्रतिबंधों के साथ आए थे, यह डायलिसिस कराने में बिताए दिनों के कष्ट की तुलना में कुछ भी नहीं था।

स्वास्थ्य अब थोड़ा ठीक चल रहा था। मंजू अपनी छोटी बेटी ऋचा के रोके के लिए हैदराबाद में थी। उसके बाद शादी की तैयारियों के लिए आगरा जाने की योजना थी।

'आगरा हमारा अपना शहर है। सब देखा भाला है, लोग जाने पहचाने हैं, तैयारियों में सुविधा होगी,' मंजू ने कहा।

समय कम था। ऋचा सबसे छोटी थी और सबसे लाडली भी, मंजू के दिल के बेहद करीब। मंजू हर एक व्यवस्था खुद करना चाहती थी।

डायलिसिस के उन तीन वर्षों के दौरान मंजू का अदिक्तम वक़्त अस्पताल में ही गुजरता था | पिछले कुछ सालों में पहली बार उन्होंने महसूस किया की अब वह सक्षम थी अपने परिवार के लिए सब कुछ कर पाने में |

सारी पैकिंग हो गयी थी।आज सुबह जल्दी उठ कर मंजू ने सामानों की लिस्ट तैयार कर ली थी। ज़िम्मेदारियाँ संभालना, किसी पर निर्भर ना होना मंजू के लिए संतोषजनक था। उसने एक बार फिर से सारे तोफ्हों का मुआयना किया और संतुष्टि में मुस्करायी।

कल आगरा के लिए निकलना था। मंजू थोड़ी सोच में डूबी हुई थी, जाने का उत्साह भी था और तय्यरियों की थोड़ी चिंता भी। उसने बिस्तर से ही खिड़की खोली और देखा बाहर तेज बारिश के बाद मौसम ताज़गी से परिपूर्ण लग रहा था।

'बारिश के कारण गर्मी में कितनी राहत है यहाँ, पर आगरा में तो बहुत गर्मी होगी' मंजू ने सोचा.

अब ८ बज गए थे तो उसने अपनी दवा ली और बाथरूम की तरफ गयी। आज वो जल्दी ही सारे काम निपटा देना चाहती थी जिससे कल के सफर में ज्यादा थकावट ना हो। वो बाथरुम के अंदर गई ही थी कि धम् से एक आवाज़ आई और फिर एक दर्दनाक चीख।

मंजू का पैर टूट गया था। उसकी सारी तैयारियां भी धरी की धरी रह गयी थी।

किडनी ट्रांसप्लांट एंड डायबिटीज की मरीज होने के कारण फ्रैक्चर ठीक होने में काफी समय लगने वाला था। भयंकर दर्द था पर फिर भी वो उस पीड़ा की तुलना में कम था जो उसे फिर से लाचार हो जाने की वजह से हो रही थी।

इस स्थिति में कोई भी उदास और व्यथित हो जाता लेकिन मंजू –जिसने कभी हार नहीं मानी – ने कुछ और ही किया।

अब उसके पास था ढेर सारा खाली वक्त। उसने इस समय का सदुपयोग करने का सोचा और उसने गीता, जो वहाँ काम करती थी, को अपनी मदद के लिए बुलाया।

थोड़ी देर बाद, मंजू पुरानी साड़ियों, कुछ नये ब्लाऊज़ पीस और अपने सिलाई के डब्बे से घिरी बैठी थी। किसी से कुछ ना कहने की हिदायत देकर उसने गीता को भेज दिया।

मंजू ने चश्मा चढ़ाया और काम शुरू कर दिया। आखिरी बार उसने गुड़िया कब बनाई थी? शायद अपने

गृह विज्ञान की कक्षा में। गुड़िया बनाने की कला में माहिर हुआ करती थी वो।

पुराने कपड़ों से गुड़िया का ढांचा बनाया और फिर नए ब्लाउज के टुकड़ों से उसके लिए घाघरा और चोली बनाई। अलग-अलग रंग के टुकड़ों का इस्तेमाल किया और लहंगा चोली के कुछ अद्भुत संयोजन बनाए। गुड़िया के बाल काले ऊन से और गहनों के लिए पुरानी चमकीली राखियों का इस्तेमाल किया।

वह कभी भी कुछ भी बर्बाद नहीं करती थी। पुरानी राखी, अपनी बेटियों के टूटी हुई माला, इत्यादि। हर चीज का कुछ न कुछ उपयोग होता है, यह उनकी सोच थी।

चार घंटे के अथक परिश्रम के बाद उसने सुंदरता और प्रेम का प्रतीक बनाया - एक भारतीय नारी – गुड़िया के रूप में।

अगली सुबह जब ऋचा अंदर आई, तो गुड़िया बिस्तर पर लेटी हुई थी। ऋचा की प्रतिक्रिया वैसे ही थी जिसकी मंजू ने अपेक्षा की थी। उसकी बेटी तीन साल की बच्ची की तरह चीख रही थी।

'मां! नई गुड़िया! बहुत सुंदर, कहां से लाई हो? और यह कब मिली? आगरा की है?'

'मैंने बनाई है।'

'क्या.. तुमने इसे बनाया? कब और कैसे?' वह चौंक गई।

'रात में। कुछ करने को नहीं था तो सोचा यही कर लूं।'

'मम्मी, सच में तुम कमाल हो, नहीं बेमिसाल हो!' उसने कहा, और बाकी घर वालों को वीडियो कॉल मिलाने लगी। उन्हें यह चमत्कार देखने की जरूरत थी!

हर कोई हैरान और बहुत खुश था। गुड़िया बनाने की कला कोई मामूली बात नहीं थी, और वह भी बचे हुए, इस्तेमाल किए गए और छोड़े गये सामानों से। और वो भी तब जब आप शारिरिक तकलीफ़ में हों। यह बात गुड़िया की सुंदरता को और बढ़ाती थी। कोई पुराने, पहले से उपयोग किए गए सामानों से इतनी खूबसूरत चीज़ कैसे बना सकता है?

'वाह, मम्मी यह तो अद्भुत कलाकृति है,' शकुन ने कहा।

'अगर हम इसे एनएफटी पर बेचते हैं तो हमें इसके लिए लाखों मिलेंगे।' चारु बोली।

'क्या है एनएफटी?' मंजू ने पूछा।

'और यह मैंने बेचने के लिए नहीं बनाया है। अगर यह वास्तव में अच्छी है, तो मैं एक गुड़िया हर उस व्यक्ति के लिए बनाना चाहती हूं जो मेरी बेटी की शादी में शामिल होने आएगा।'

'ये तो जबरदस्त आइडिया है, माँ! तुम महान हो।' ऋचा की आंखों से आंसू छलक रहे थे।

'एक टूटे हुए पैर के साथ और मैं कर भी क्या सकती हूँ?' मंजू ने थोड़ी निराशा से कहा।

'मम्मी, तुम जो कर रही हो वो कोई और कभी नहीं करेगा।'

यह उस गुड़िया का नमूना था जो वो हर बाराती के लिए बनाने वाली थी। साथ यह संदेश था:

'मेरी सबसे छोटी बेटी की शादी है, मन तो था कि तारे तोड़ लाऊं आप सब के लिए।

इस खुशी के मौके पर शामिल होकर आपने मुझे अपना ऋणी बना दिया है।

मैंने अपनी सीमित क्षमता से आपके लिए यह गुड़िया बनाई है, इसके हर धागे को प्यार से पिरोया है मैंने। अब आप पूछोगे गुड़िया ही क्यों?

मैं कहती हूँ गुड़िया क्यों नहीं? एक नारी से ज्यादा सुन्दर है ही कौन? और वो नारी अगर आपकी बेटी हो, तो उस सुख की तो कोई सीमा ही नहीं होती।

इस गुड़िया के साथ मैं आपके जीवन में भी उसी ख़ुशी और सुख की कामना करती हूँ, जो एक बेटी ही ला सकती हैं।

- हैंडमेड बाय मंजू शर्मा'

मंजू ने छह महीने के समय में सौ से अधिक गुड़िया बनाई, सुई चुभने से उसकी उंगलियां सुन्न हो गयी थी। पर ये तक़लीफ़ और आंखों की बढ़ती ग्लूकोमा की समस्या भी उसे रोक नहीं पायी थी।

कबीर दास का दोहा जो उनके जीवन की सीख को दर्शाता है.

मन के हारे हार है मन के जीते जीत।

कहे कबीर हरि पाइए मन ही की परतीत॥

भावार्थ: जीवन में जय पराजय केवल मन की भावनाएं हैं।यदि मनुष्य मन में हार गया - निराश हो गया तो पराजय है और यदि उसने अपने मन को जीत लिया तो वह विजेता है।

★★★

१६. इंद्रधनुषी स्वेटर

बात 2019 की है, जब मंजू अपनी सबसे बड़ी बेटी, शकुन से मिलने की तैयारी कर रही थी। शकुन गर्भवती थी और मंजू की खुशी का कोई ठिकाना नहीं था।

मंजू उन लोगों में से थी जो हर काम प्लानिंग के तहत करते हैं। और हमेशा की तरह इस बार भी उसने सारी तैयारी कर ली थी। शकुन अमेरिका में थी और जनवरी 2020 के दूसरे हफ़्ते में मंजू को वहाँ जाना था।

वह उस समय हैदराबाद में थी, यहां चिलकुर बालाजी के दर्शन करने और फिर आगरा के मनकामेश्वर मंदिर

जाने की योजना थी। वह एक और कारण से अपने गृहनगर जाना चाहती थी। वो कुछ समय के लिए अपने परिवार से मिलना चाहती थी, उस घर को देखना चाहती थी जिसमें वह पली-बढ़ी थी। कितना वक्त हो गया था कि वो वहां नहीं जा पाई थी। सब उसके गिरते स्वास्थ्य का कसूर था।

मंजू चिलकुर बालाजी को धन्यवाद कहने गई और फिर से एक टूटे हुए पैर के साथ वापस आयी। दर्शन करने की जल्दी में किसी ने उसे धक्का दिया और वह गिर गई। यह दूसरी बार था जब उसका पैर टूटा और वह निराश और उदास हो गई, लेकिन फिर भी हार मानने वाली तो वह नहीं थी।

पर इस बार की चोट मन को ज्यादा कचोट रही थी| उसे अमेरिका जाने से पहले अपने नाती के लिए कितना कुछ लेना था| अब फिर से वह बिस्तर तक ही सीमित हो गयी थी

'क्या करूँ अब, सारी योजना चौपट हो गई' मंजू उदास बैठी थी

'क्या मम्मी, तुम ऐसा कैसे सोच रही हो' ऋचा ने कहा.

'हाँ मम्मी तुम, जो की कुछ भी कर सकती है' शकुन बोली

वीडियो कॉल चल रहा था|

'हाँ मम्मी, तुम तो कितना कुछ बना लेती हो, इतनी सुन्दर गुड़िया, कितने सुन्दर सुन्दर कड़ाई वाली चद्दर और मेज पोश' शकुन बोली

'और मम्मी तुम्हारे स्वेटर्स, जो तुमने हमारे लिए बनाए, उनकी तो बात ही अलग थी' चारु ने कहा

'पर बेटा अब उन चीज़ों की इतनी जरूरत ही कहाँ ,आज कल चद्दरें तो कड़ी कड़ाई बाजार से मिल जाती हैं|' मंजू बोली

'मैं चाहती तो थी अपने आने वाले बच्चों के लिए बनाऊ, पर घर का बुना स्वेटर कोई पूछता ही नहीं है'

'क्या बात कर रही हो, तुमने तो मेरे मन की बात ही छीन ली |'

'मैं तो चाहती थी कि बच्चा अस्पताल से आए तो वो पहने जो तुमने बनाया हो,' शकुन ने कहा।

'हाँ, क्यों नहीं? मैं अपने बच्चे के लिए एक क्यों दस बना दूँगी,' मंजू ने मुस्कुराते हुए जवाब दिया।

मंजू इस विचार से रोमांचित थी। आजकल हाथ से बुना स्वेटर कौन पहनना चाहता था? यह रेडीमेड और स्टोर से खरीदे गए सामान का युग था। फिर भी उसकी बेटी ने कुछ माँगा था, तो वह पूरा तो करती ही। इसी सोच के साथ उसने बुनाई शुरू की। उसने सबसे पहले एक हल्के नीले रंग के स्वेटर, टोपी और मोजे का सेट बनाया। नीला उसके दामाद नीलेश का पसंदीदा रंग था, वह और कुछ कैसे चुन सकती थी?

फिर तो जैसे वह अजेय थी| उसने दस कहा था, पर बीसीयों स्वेटर बना दिए | हर रंग का एक| मफलर, दस्ताने, अलग अलग तरह की टोपियां, पूरी ऊनी दूकान सा लगता था अब उसका कमरा|

आँखों में ग्लूकोमा की परेशानी थी, केवल एक ही आँख से दिखाई देता था, पर मंजू कहाँ रुकने वाली थी| हर एक

स्वेटर की कारीगरी अलग, कोई जैकेट जैसा, तो कोई कोट, कोई बंद गला, तो कोई खुला| हर स्वेटर उसकी मेहनत और उसके प्यार को दर्शाता था|

उस रोज़ खिली-खिली सी धूप थी और मंजू बालकनी में व्हील चेयर पर बैठी स्वेटर बुन रही थी। ऋचा उसके बगल वाले चेयर पर अपने भाई बहनों के साथ वीडियो कॉल पर थी|

जैसे ही उसने नए स्वेटरों से भरी अटैची सबको दिखाई, शकुन तो रो ही पड़ी|

'मम्मी यह बस तुम ही कर सकती हो'

मोहित बीच में ही बोला। 'मुझे भी स्वेटर चाहिए।'

'तेरे अहमदाबाद में कौन सी सर्दी पड़ती है।' मंजू ने जवाब दिया।

'एक तो बना दो मम्मी।' उधर से जवाब आया तो मंजू हंस पड़ी।

मंजू के बड़े नाती रेयांश ने अटेची देखी और वह चुप होकर बैठ गया। 'मुझे भूख लगी है।' कहकर वो कॉल से हट गया।

'मम्मी मैं इसको देखती हूँ' कहकर चारु ने फ़ोन रख दिया

फिर कुछ देर बाद चारू का फ़ोन आया। 'मां, रेयांश कुछ कहना चाहता है।'

'हाँ, बोल बेटा।'

'नानी, आपने मेरे लिए स्वेटर क्यों नहीं बनाया? तुम तो मेरी नानी हो ना।' पहली बार रिशु के मन में नानी को ले कर अधिकार की झलक दिखी।

'हाँ बेटा, पहले मैं तेरी ही नानी हूँ। तेरे लिए तो सबसे पहले बनाया है।'

'सच, नानी!।'

'तुझे इंद्रधनुष पसंद है ना, तो मैंने तेरे लिए इंद्रधनुष के रंगों वाला स्वेटर ही बनाया है'

'सच, नानी!।'

नवंबर खास है क्योंकि उस महीने रेयांश का जन्मदिन आता है। उसका रेनबो स्वेटर उसके जन्मदिन से पहले ही उस तक पहुंच गया।

रेयांश बेहद खुश था। अपने इंद्रधनुषी स्वेटर में इधर-उधर घूम रहा था, और सबसे ज़्यादा खुश थी उसकी नानी, उसे देखकर खुशी से फूली नहीं समा रही थी।

'नानी जब बेबी बड़ा हो जायेगा तो में उसको यह स्वेटर दे दूंगा, वह तो मेरा छोटा भाई है' रेयांश ने कहा|

'अरे वाह मेरे समझदार बेटे, और मैं तेरे लिए नया बना दूँगी' नानी हंसकर बोली

रहीम दास का दोहा जो उनके जीवन की सीख को दर्शाता है|

बड़े बड़ाई ना करे, बड़े न बोले बोल।

रहिमन हीरा कब कहे, लाख टका है मोल॥

भावार्थ: जिस प्रकार हीरा अत्यंत मूल्यवान रत्न होता है किन्तु वह कभी नहीं कहता कि उसका मूल्य लाखों में है, जो लोग वास्तव में गुणी और महान होते हैं, वे कभी अपने ही मुख से अपनी बड़ाई नहीं करते। उनके गुण ही उन्हें लोकप्रिय और मूल्यवान बनाते हैं।

★★★

१७. लल्लन

सर्दियां आ चुकी थीं मगर हैदराबाद में मौसम सुहाना था। मंजू को इस शहर की सबसे अच्छी बात लगती थी, कि यहां ठंड कभी ज्यादा नहीं होती थी।

2020 ने दस्तक दे दी थी और अब कुछ ही दिनों बाद उसे अमेरिका जाना था, अपनी बेटी शकुन के पास। शकुन प्रेग्नेंट थी और मंजू को वहां जाना था।

'फिर एक नन्हा मेहमान आएगा और घर की खुशियां दोगुनी हो जाएगी।' मंजू की खुशी का कोई ठिकाना ही नहीं था।

वैसे एक परेशानी थी –उसका पैर दोबारा टूट गया था। अभी वो जल्दी से ठीक हो जाना चाहती थी, बस!

वो बालकनी में अपनी व्हील चेयर पर बैठी शाम को ढलता हुआ देख रही थी। पूरा आसमान लाल और गुलाबी रंगों से रंगा था। पास ही कहीं से बच्चों के खेलने की आवाज़ आ रही थी।

'मां, चाय।' उसकी बेटी ऋचा उसे कप पकड़ा कर वहीं बगल की कुर्सी पर बैठ गयी।

ज़िन्दगी में यूं तो बहुत परेशानियां होती हैं पर ज़िन्दगी आपको कई सुख और सुकून के पल भी देती है। ऋचा की शादी के बाद मंजू पहली बार उसके घर आयी थी। उसे अपनी नयी दुनिया में खुश और सुखी देखकर उसे बहुत संतोष हुआ।

'मम्मी, सोच रही हूँ क्यों ना एक कुक रख लेते हैं,' ऋचा ने कहा।

'अरे, क्या जरूरत है?' मंजू बोली। 'मैं मदद कर दूंगी ना। व्हील चेयर पर हूँ लेकिन थोड़ा बहुत काम तो कर ही सकती हूँ। मिलजुल के कर लेंगे काम।'

'कैसी बातें कर रही हो! तुम आराम करो। रख कर देख लेते हैं एक महीने, कुक के रहने से आराम हो जाएगा,' ऋचा ने कहा।

मंजू ने भी सहमति जता दी। वो अपनी मर्जी किसी पर थोपना नहीं चाहती थी।

अगली शाम कुक हाजिर भी हो गया। पतला-दुबला सा उन्नीस-बीस साल का लड़का।

'नमस्ते मां जी,' उसने आते ही कहा।

'नमस्ते बेटा। कहाँ से हो?'

'बिहार से। यहां काम के लिए आया हूँ।'

'अच्छा, क्या-क्या बना लेते हो? बिहार और यूपी का खाना तो एक जैसा ही होता है,' मंजू ने कहा।

'जी, हम सब बना लेते हैं। रोटी, सब्ज़ी, दाल, खिचड़ी, पुलाव, खीर, पूरी। और हां, लिट्टी-चोखा, भी।' वो काफी उत्साहित लग रहा था।

'अरे वाह, यह तो बढ़िया है। नाम क्या है तुम्हारा?'

'लल्लन।'

'अभी क्या बनवाना है, मम्मी,' ऋचा ने पूछा।

'तुम लोग अपने लिए पराठा और आलू-बैंगन की सब्जी बनवा लो। मेरे लिए तो रोटी ही ठीक है।'

लल्लन को सब समझा के ऋचा भी रसोई से बाहर आ कर बैठ गयी।

करीब पौने घंटे बाद लल्लन बाहर आकर बोला, 'खाना बना दिया, मेमसाब।' फिर वो चला गया।

ऋचा रसोई में गयी तो खुश हो गयी। 'क्या बात हैं, मम्मी, रसोई तो एकदम साफ़-सुथरा करके गया है। गैस चूल्हा भी।'

'चलो, बढ़िया है।'

रात के खाने के समय सबकी थाली लगी। अब तक तो सब ठीक ही था। 'सब्ज़ी तो पूरी गीली है, मम्मी!'

'हैं! आलू बैगन ही हैं न?'

'हां, मगर रसे वाले!'

'अच्छा चल, कोई बात नहीं। देखें, शायद स्वाद ठीक ही हो।'

रोटी का कैसरोल खुला तो वहां भी सरप्राइज़ था। 'परठा बनाने बोला था। ये तो रोटियां बना कर चला गया।'

मंजू ने एक कौर खाया और मुँह से निकाल दिया। 'इसमें तो नमक ही नमक है!' वो बोली। 'आज पहला दिन था, कल देखते हैं।'

अगले दिन भी यही हाल था और उसके अगले दिन भी। कच्चा पक्का खाना| नमक और मसाले का कोई संतुलन नहीं। कभी दाल पानी सी पतली तो कभी चावल गीला।

'मम्मी, इसको तो निकलना पड़ेगा। ऐसे तो हमारा पेट ही खराब हो जाएगा।'

'अच्छा, एक बार बात करने दो मुझे,' मंजू ने कहा।

अगले दिन लल्लन आया तो मंजू ने उसे अपने पास बुलाया।

'लल्लन, तुम तो कह रहे थे तुमको आता हैं खाना बनाना?' मंजू ने पूछा।

वो झेंप गया। 'मां जी, हम अभी नये हैं न। जल्दी सीख जाएंगे।'

'तो झूठ क्यों बोला?'

वो कुछ पल सिर झुका कर यूं ही खड़ा रहा। 'हम, झूठे नहीं हैं, मां जी। पर नौकरी की बहुत जरूरत है। नौकरी मिलती ही नहीं है।' वो बोला।

मंजू कुछ देर उसको देखती रही, फिर बोली। 'तू सीखेगा? खाना बनाना?'

'हां, मां जी!' लल्लन के चेहरे पर तुरंत एक मुस्कान आ गयी। 'हम जल्दी सीख लेंगे।'

'ठीक है, चल।' मंजू अपनी व्हील चेयर लेकर उसके साथ रसोई में चली गयी।

आज खाने में आलू गोभी और पराठा बनाना था |

लल्लन जब सब्जी छौंकते ही उसे ढंकने लगा तो मंजू ने रोक दिया। 'नहीं अभी मत ढंको, पहले तीन-चार मिनट तेज आंच पर भूनो। इससे सब्ज़ी बाद में पानी नहीं छोड़ेगी'

फिर पराठा बनाना, कौन सी सब्जी गीली रखनी है, कौन सी सूखी। पूरी को धीमी आंच पर नहीं तलते, और खीर तेज़ आंच पर नहीं बनाते, अगले तीन दिनों तक मंजू उसे निर्देश देती रही। छौंक लगाना; तेल, नमक मसाले का अनुपात सिखा दिया|

उसके बाद जब लल्लन ने खुद खाना बनाया तो, वो एक विद्यार्थी की तरह मंजू की टिप्पणी का इंतज़ार कर रहा था।

'तुमने वाकई जल्दी सीख लिया। अच्छा खाना बनाया है तुमने,' मंजू ने कहा।

'थैंक्यू मां जी। आपसे ही तो सीखा हैं।'

कबीर दास का दोहा जो उनके जीवन की सीख को दर्शाता है|

धीरे धीरे रे मना, धीरे सब कुछ होय।

माली सींचे सौ घड़ा, ऋतु आए फल होए।।

भावार्थ: मन में धीरज रखने से सब कुछ होता है| अगर कोई माली किसी पेड़ को सौ घड़े पानी से सींचने लगे तब भी फल तो ऋतु आने पर ही लगेगा|

★★★

१८. अंगा

मंजू हॉल में बैठी हुई थी, और शकुन चाय बना रही थी| पास ही में एक छह महीने का अयांश खेल रहा था| मंजू अभी अमेरिका आयी हुई थी| लगभग छः महीने हो चुके थे और अब वह वापस जाने की योजना बना रही थी |

'मम्मी, तुम सच में इतनी जल्दी चली जाओगी?' शकुन ने दुखी होकर पूछा।

'हाँ बेटा, जाना तो है। तकरीबन छह महीने से यहाँ हूँ। बहुत काम है इंडिया में। फिर तू भी तो आएगी ना अयांश

को लेकर। इंडिया भी तो देखेगा बच्चा मेरा।' मंजू ने अयांश की तरफ देखते हुए कहा |

शकुन ने कुछ नहीं कहा, बस चाय का कप मंजू की तरफ़ बढ़ा दिया।

'और तू अभी से क्यों दुखी हो रही है, अभी तो हूँ कुछ समय और।'

फिर कुछ दिनों बाद ही एक अजीब सी बीमारी फैलने की खबर आने लगी। 'अब ये क्या बला है?' मंजू न्यूज़ देख रही थी।

'कोविड 19। पता नहीं क्या चल रहा है| बहुत तेजी से फ़ैल रही है |' शकुन ने टेबल पर डिनर प्लेट्स रखते हुए कहा। 'कह रहे हैं फ्लाइट्स बंद होगीं।'

'मेरा टिकट जल्दी करा दो, इससे पहले कि फ़्लाईट्स बंद हो जाएं,' मंजू ने कहा।

'मेरी माँ, अभी इस बीमारी के बारे में किसी को ठीक से नहीं पता, यहां तक कि डॉक्टरों को भी नहीं, अभी कोई दवा भी नहीं है इसकी। हम तुम्हारे साथ रिस्क नहीं ले सकते।'

मंजू कहती भी क्या? वो जानती थी कि किडनी ट्रांसप्लांट की वजह से उसकी इम्यूनिटी बहुत कमजोर थी। उसे तो शायद डॉक्टर ही जाने की इजाज़त ना दें।

और फिर इस बीमारी, कोरोना, ने ऐसे हालात पैदा कर दिए जो अविश्वसनीय और अकल्पनीय थे। किन्हीं एक दो देशों में नहीं, बल्कि पूरा विश्व ही इस बीमारी की चपेट में आ गया था। सारी आवाजाही बंद हो गयी। बाहर मत

निकलो, मास्क पहनो, लोगों से ना मिलो और और भी कई पाबंदियां लगाई जा रही थीं, इस बीमारी को फैलने से रोकने के लिए। नतीजन, मंजू को अमेरिका में ही रहना पड़ा –एक या दो महीने नहीं, पूरे दो साल।

हालांकि वह अपनी बेटी शकुन, दामाद नीलेश और नाती अयांश के साथ थी, पर वो अपने पति और बाकी बच्चों से दूर थी और वह भी एक ऐसे देश में जिसे वो मुश्किल से पहचानती थी। यहाँ का खामोश वातावरण उसे उसके देश की चहल पहल भरी ज़िन्दगी की अक्सर याद दिलाता था| हलाकि कोरोना की वजह से वह घर तक ही सिमित हो गयी, उसने एक बार फिर इस मजबूरी को खूबसूरती से निभाया।

उसने अपने नाती का लालन-पालन किया, उसे अपनी मातृभाषा सिखाई।

उन्होंने इसके अलावा एक पाक शास्त्र की किताब लिखी और प्रकाशित की।

पहले लिखी गई सौ से अधिक व्यंजन विधियों को, जो उन्होंने हैदराबाद में लिखी थी, जब फ्रैक्चर से वह बेड रेस्ट पर थीं| रसोई में प्रयोग करना उन्हें बेहद पसंद था| अपनी दादी के जमाने के, उत्तर पूर्व में अपने दोस्तों से सीखे हुए और आधुनिकता के कारण विलुप्त होने के कगार पर व्यंजन।लिखने में कुछ समय लगा, क्योंकि पैर में फ्रैक्चर के कारण ज्यादा देर तक बैठ भी नहीं पाती थीं। पर उन्होंने आखिर लिख ही लिया!

अब अमेरिका में उसने उन सभी व्यंजनों को फिर से बनाया, उसके दामाद ने तस्वीरें लीं और बेटी ने उन सभी को चखा|

शकुन हर सुबह मंजू के जागने और नयी रेसिपी बनाने का बेसब्री से इंतजार करती थी।

'माँ, आज तुम अपनी सूची से कौन सी रेसिपी बना रही हो?'

'हम आज अंगा बनाएंगे।'

'अंगा! क्या यह किसी भी तरह से रामायण के प्रसिद्ध वानर अंगद से संबंधित है?'

'नहीं, लेकिन इस रेसिपी का एक दिलचस्प अतीत है।'

'कहानी बताओ, मम्मी!' शकुन ने उत्साह से कहा। एक बात जो उसे अपनी माँ के व्यंजनों के बारे में पसंद थी, वह यह थी की हर व्यंजन का एक अतीत होता था, एक कहानी होती थी। मंजू ने इन व्यंजनों पर अपना शोध किया था, कि इसे कैसे बनाया जाता था और क्यों।

प्रत्येक की एक समृद्ध विरासत थी जो अब दुर्भाग्य से लुप्त होने के कगार पर थी। यह रेसिपी बुक उन व्यंजनों को पुनर्जीवित करने की दिशा में मंजू का एक कदम था।

मंजू ने बताया कि अंगा को सांप्रदायिक स्तर पर बनाया जाता था।

'अंगा की तैयारी पहले से ही की जा सकती है| इसलिए इसे कटाई या बुवाई के महीने से पहले बना के रख लिया जाता था | या यात्रा से पहले तैयार किया जाता था, जब लोग महीनों तक सफर पर होते थे।'

मंजू ने आगे बताया की 'महिलाएं तेल, गेहूं का आटा और नमक मिलाकर एक कनस्तर में रख लेती थीं।

यात्रा या खेतों में जाने से ठीक पहले वे इस मिश्रण में पानी मिलाकर उसका सख्त आटा गूंथ लेती थीं और उसके बड़े-बड़े गोले बनाकर साफ कपड़े में रख देती थीं।

खाने के समय पर लकड़ियों का उपयोग करके आग जलाई जाती थी और उन आटे के गोलों को आग में डालकर धीरे-धीरे भुना जाता था। फिर उसे अचार या घी के साथ खाया जाता था।

मंजू ने अंगा के बारे में विस्तार से बताया।

'अब बेशक हम इसे ओवन में पका सकते हैं, लेकिन पारंपरिक तरीके से आग में पकाए जाने पर इसका स्वाद सबसे अच्छा होता है,' मंजू ने कहा।

'वाह, मैं अंगा चखने के लिए और इंतजार नहीं कर सकता!' नीलेश ने उत्साहित होकर कहा।

उन महीनों, रोज मंजू विविध व्यंजनों पर शोध करती और कुछ नया बनाती थी| उन की सुगंध से पूरा घर महक उठता था। कोई आश्चर्य नहीं था कि छोटे बच्चे को भी स्वाद की गहरी समझ थी।

मंजू की पुस्तक प्रकाशित हुई और उसने हमारे और पूरी दुनिया के लिए एक विरासत बनाई। इस पुस्तक में वो व्यंजन थे जो पिज्जा, बर्गर और फ्राइज़ के वर्तमान युग में विलुप्त होने की कगार पर थे, पर मंजू ने पाक कला और अपनी किताब के जरिए इन व्यंजनों को फिर से जीवंत कर दिया।

"Lost Recipes: A Collection of Age-old Vegetarian Recipes"

वृन्द जी का दोहा जो उनके जीवन की सीख को दर्शाता है

जाकौ बुद्धि-बल होत है, ताहि न रिपु को त्रास।
घन -बूँदें कह करि सके, सिर पर छतना जास॥

भावार्थ: वृन्द जी इस दोहे में कहते हैं कि जिसके पास बुद्धि रूपी बल होता है, उसे शत्रु का भय नहीं होता है| वह हर परिस्थिति में अपना मार्ग निकाल ही लेता है| ठीक उसी तरह जिसके सिर पर छत हो, बादल और वर्षा की बूंदों से उसे कोई भय नहीं होता है|

★★★

१९. केले का छिलका

मंजू ने स्वीकार कर लिया था कि जब तक हालात ठीक नहीं होते, उसे अपनी बेटी शकुन के पास अमेरिका में ही रहना था। कोरोना ने हर तरफ हड़कंप मचा रखा था।

उसने धूप में रखी शीशे की बोतल को हिलाकर देखा।

'हमम...तैयार हो गया है!' उसने खुश होकर कहा। बोतल में नींबू और हरी मिर्च का सरसों वाला चटाखेदार अचार था जिसे देखते ही मुंह में पानी आ जाए।

शकुन फ़्रिज खोलकर कुछ तलाश रही थी। मंजू ने बोतल को उठाया और किचन के टेबल पर रख दिया।

'शकुन चख कर देख, अचार तैयार है।' शकुन फिर भी फ़्रिज में मुंह घुसाए खड़ी थी।

'तू क्या ढूंढ रही है?'

'यार, मम्मी, आज खाना क्या बनेगा? घर में सब्जी, फल कुछ भी नहीं है। किचन का आधा सामान तक नहीं है' शकुन सीधी खड़ी हो गयी।

मंजू शांति से शकुन को सुन रही थी|

'इस कोरोना की वजह से लोगों ने सामान इस तरह जमा करना शुरू कर दिया है कि स्टोर में कुछ मिलता ही नहीं। आज नीलेश के बर्थडे पर बाहर नहीं जा सकते। सोचा था की घर में कुछ अच्छा बना लेंगे पर अब वो भी कैसे करें', शकुन निराश होकर बोली।

'मेरे दामाद का जन्मदिन है तो आज जायकेदार खाना ही बनेगा। तू मुझे बता कि घर में क्या-क्या है?' मंजू ने कहा

'कुछ नहीं। बस कुछ केले हैं और आटा है| क्या अच्छा बन सकता है इससे?'

'वो तुम क्या कहती हो –वेट एंड वॉच!' मंजू ने मुस्कुरा कर कहा। साड़ी के पल्लू को कमर में खोंसा और किचन स्लैब के पास जाकर खड़ी हो गयी।

'चलो मेरी मदद करो। जो भी है वो सब हाजिर करो,' मंजू ने नाटकीय अंदाज़ में कहा तो शकुन मुस्कुरा उठी।

उन्होंने केलों को छीला और छिलके को फेंकने की बजाय धोकर उन्हें छोटी-छोटी धारियों में काटा।

गैस पर कड़ाई में थोड़ा सा सरसों का तेल डाल उसमें छौंक लगाया। फिर उसमें केले के कटे छिलके डाल दिए|

शकुन हक्की बक्की सी अपनी माँ को केले के छिलके की सब्जी बनाते हुए देख रही थी। मंजू ने उसको धीमी आंच पर पकाया। उसकी महक मात्र से ही शकुन के मुंह में पानी आ गया।

सब्ज़ी अभी पक ही रही थी कि मंजू ने कहा,

'बगीचे से कुछ पुदीने के पत्ते ले आओ।' और फिर तैयार हो गयी पुदीने, लाल मिर्च और नींबू की चटनी।

उसके बाद मंजू ने फटाफट पके केले को आटे में मिलाया। 'शकुन, इसमें गुड़ और थोड़ा दूध डालकर डाल गाढ़ा घोल बना ले' मंजू ने कहा।

'अरे वह मालपुआ!' शकुन खुश होकर बोली।

जब मालपुआ तैयार हो गए, तब मंजू ने घोषणा की, 'एक मिठाई तैयार है।'

फिर मंजू ने चीनी और तेल मिलाकर आटे को अच्छे से गूंथ लिया और उसके ठेकुआ बना दिए |

'दूसरी मिठाई भी तैयार है' मंजू ने कहा और फिर शक्करपारे और नमक पारे बनाने लगी |

'मीठा तो बहुत बन गया मम्मी, और क्या बनाने वाली हो?' शकुन ने उत्साहित होकर पूछा |

'मेथी तो नहीं है ना घर में?' मंजू ने बचे हुए पुदीने के पत्ते लिए और उन्हें माइक्रोवेव में सुखाने रख दिया| फिर आटे में मिलाकर पुदीने की पूरी बना दी|

'सुन आम का अचार है ना' मंजू ने शकुन से पूछा|

'हाँ मम्मी जो तुमने बनाया था वह है'

मंजू ने फटाफट आम का अचार का मसाला मिलाकर आटा गूंथा और चटपटी पूरी तैयार कर ली|

हरी चटनी तो है पर मीठी चटनी...' मंजू बुदबुदाई।

'अच्छा इमली है?'

'नहीं।'

'अमचूर?'

'हाँ।'

मंजू ने अमचूर को पानी में खौलाया, उसमें गुड़, काला नमक, और भुना जीरा डाला और मीठी चटनी तैयार कर ली.

'हाँ, अब थाली अच्छी लग रही है,' मंजू संतुष्ट होकर बोली।

'चल, आज जो अचार तैयार हुआ है उसे एक छोटी कटोरी में निकाल और फिर नीलेश को बुला ले।'

नीलेश के लिए थाली सजी –पुदीना पूरी, अचारी पूरी, नमक पारे, शकरपारे, मालपुए, ठेकुए, केले की सब्ज़ी, हरी और मीठी चटनी.

'मम्मी, इतना कुछ!' नीलेश के आश्चर्य का ठिकाना ना था।

'तुम्हारा जन्मदिन है, कोई मामूली बात थोड़े ही है,' मंजू ने कहा तो नीलेश हंस पड़ा। 'मम्मी, आप तो किचन के जादूगर हो| बस एक आटे और केले से आपने इतने व्यंजन बना लिए'

मंजू ने अपनी बेटी को सिखाया कि हर परिस्थिति में संयम से काम कैसे किया जाता है और साधन संपन्न कैसे बनते हैं.

कबीर दास का दोहा जो उनके जीवन की सीख को दर्शाता है|

बहुत गई थोड़ी रही, व्याकुल मन मत होय।

धीरज सब का मित्र है, करी कमाई न खोय॥

भावार्थ: कठिन परिस्थितियों में धैर्य ही हमारा सबसे बड़ा मित्र है। जल्दबाजी एवं व्याकुलता में हमारे पास जो बचा है, हम उसे भी खो सकते हैं। अतः व्याकुल ना हो और हमेशा धैर्य से काम लें।

★★★

२०. बलून उड़

अयांश का दूसरा जन्मदिन था। अभी दोपहर के साढ़े ग्यारह ही बजे थे और मंजू ने ढेरों पकवान बनाकर रख दिए थे। आज घर में पार्टी थी और सारी तैयारी हो गयी थी | घर अयांश के पसंदीदा गुबारों से सजा हुआ था|

पूरा दिन दोस्तों के साथ कैसे बीत गया पता भी नहीं चला|शाम के चार बज चुके थे जब सब मेहमान गए। फटाफट चाय बनाकर, शकुन ने माँ को आवाज़ दी।

'मम्मी चाय तैयार है, आओ न|'

'मम्मी, तोफहों से पूरा घर भर गया है| क्यों न कुछ जरूरतमंद बच्चों में बाँट दें?' शकुन ने कहा

'हाँ पर अयांश को दिखाकर और उसकी मर्ज़ी के साथ|' मंजू ने उसको समझाया| शकुन ने माँ के कहे अनुसार, अयांश को सारे खिलोने दिखाए और उसने सारे रख लिए | एक भी देने से मना कर दिया और देने की बात से ही रोने लगा |

'अयांश, खिलोने तेरे पास ही रहेंगे, तू इधर आ जा।' मंजू ने रोते हुए अयांश को पुचकारा और उसको अपने रूम में ले गयी।

'नानी, कलरिंग करेंगे?'

'हाँ, बेटा।'

अयांश अपने क्रेयॉन्स और ड्राइंग कॉपी लेकर आ गया।

'क्या बनाएगा अयांश आज?'

'बैलून्स एंड बॉल्स।'

'ओहो, तेरा फ़ेवरिट!'

अयांश हंसने लगा।

'यह देखो एक लाल और एक पीला गुब्बारा बनाया है'

'और यह देखो मैंने अयांश भी बनाया है।' मंजू ने चित्र बनाते हुए अयांश से कहा

'और यह कौन है, नानी?' अयांश ने एक और बच्चे की स्केच दिखाकर पूछा।

'यह तुम्हारा दोस्त है।'

'मेरे के साथ खेलेगा यह?'

'हाँ तेरे साथ खेलेगा,' नानी मुस्कुराते हुए बोली। अयांश बोलना भी सीख ही रहा था। मेरेके, तेरेके, यह सब अयांश की भाषा में शामिल था।

'अयांश के पास कितने बैलून हैं?'

'दो।'

'इसके पास तो एक भी नहीं है, तुम दोगे अपने दोस्त को एक?'

'नहीं, नानी।'

'कोई बात नहीं, मन नहीं है तो मत दो।'

'अरे यह देखो यह तो बॉल्स लाया है!' मंजू ने फटाफट दूसरे बच्चे के हाथ में दो गेंद बनाते हुए कहा।

'यह मेरे को चाहिये, नानी।'

'हम्म, यह तो इसको पूछना पड़ेगा, इसको शेयर करने का मन है कि नहीं।'

फिर पूछने का उपक्रम करके बोली, 'इसका भी मन नहीं है बेटा। तो तुम बलून से खेलो, यह अपनी बॉल से खेलेगा। ठीक है?'

अयांश ने अनमने मन से हां कर दी। कुछ देर तक चित्र को देखने के बाद खुद ही बोला, 'नानी, मैं, इस बच्चे को एक बैलून दे दूंगा।'

'अरे वाह बेटा,' मंजू ने कहा। कुछ देर चुप रहने के बाद उसने कहा, देखो वह भी तुमसे पूछ रहा है, तुम उसके साथ गेंद खेलोगे?'

'हाँ, नानी!' अयांश के चेहरे पर ऐसे खुशी आयी जैसे यह चित्र नहीं सच हो।

'बेटा, ऐसे ही शेयर करने से अच्छा लगता है। हमको भी और दूसरे को भी।'

तीन दिनों बाद वो एक मैदान में बैठे थे। खिली हुई धूप थी और आसपास कई संतरे के पेड़ थे। अयांश अपने खिलौनों से खेल रहा था।

'बेटा, ये खिलौने आप शेयर करोगे?'

अयांश चुपचाप सुन रहा था, कुछ जवाब नहीं दिया|

'अच्छा यह देखो सामने संतरे का पेड़ हैं न, उस पर कितने संतरे हैं?' मंजू ने उसे एक संतरे के पेड़ को दिखाते हुए कहा। 'अब अगर पेड़ कहने लगे कि मैं संतरे नहीं दूंगा, तो हम संतरे कैसे खायेगे?'

अयांश सोच में पड़ गया।

'बाजार से ला कर, नानी।'

मंजू हंसने लगी। 'बाजार में भी तो पेड़ से ही जाता हैं न, मेरे कान्हा।'

कुछ देर चुप रहने के बाद वो बोला, 'नानी, संतरे का पेड़ मेरे साथ शेयर करता है, न'

'हाँ बेटा। और सूरज पेड़ के साथ अपनी धूप, मिट्टी पेड़ के साथ पानी शेयर करती है और पेड़ हमारे साथ अपने फल | सब एक दूसरे के साथ शेयर करते हैं| अब तुम्हारे पास कुछ ज्यादा है, तो तुम भी शेयर कर सकते हो'

'मेरे पास इतने सारे खिलौने हैं, मैं भी दूसरे बेबी को दूंगा नानी' अयांश कुछ देर तक सोचने के बाद बोला|

वह दिन था और आज का दिन है, अयांश कभी देने के लिए ना नहीं करता है और सबसे बड़ी बात ख़ुशी से देता है। अभी तीन साल का ही है, पर जीवन का सबसे बड़ा गुण सीख लिया हैं उसने, अपनी नानी से। वो ये कि बांटने से जो खुशी मिलती है, उसकी बात ही कुछ और है।

कबीर दास का दोहा जो उनके जीवन की सीख को दर्शाता है.

साईं इतना दीजिए, जामे कुटुम समाय।

मैं भी भूखा न रहूँ, साधु न भूखा जाय।।

भावार्थ: अगर हम संतोष रूपी धन को धारण करते हैं, तो हमेशा खुश रहेंगे| वास्तव में संतोष के बिना शांति नहीं होती और भौतिक संपदा से संतोष नहीं मिलता क्योंकि जितना अधिक हमें मिलता है उतना ही हमें और चाहिए होता है।

★★★

अभिस्वीकृति

जिस व्यक्ति की वजह से यह किताब मुमकिन हुई, उसका धन्यवाद करें, या उनसे शिकवा यह समझ नहीं आता है | मेरी माँ - मंजू शर्मा |

उनकी बेटी होने और उनकी जीवनी की कुछ झांकी लिख पाने के लिए मैं आभारी हूँ | पर उनकी बेटी होने की वजह से ही उनसे ख़फ़ा भी हूँ | क्यों चली गयी इतनी जल्दी, मेरी जिंदगी से सारे रंग लेकर |

यह किताब उनको लिखनी थी, यह ही क्यों और भी बहुत सारी, कितना कुछ सीखना था, अभी तो उनसे | मेरी न तो इतनी समझ है, न क्षमता की उनके जीवन को कागज पर उतार पाऊं | ये तो बस एक छोटी सी कोशिश है|

तरंग की मदद इस किताब के संपादन में सरनियाह है | यह किताब मेरी बहन ऋचा के सहयोग के बिना मुमकिन ही नहीं थी| मेरे भाई मोहित का धन्यवाद चित्रण के जरिये इस किताब को जीवंत करने के लिए| मेरी बहन चारु का धन्यवाद कहानियों में अपने योगदान के लिए| तहे दिल से शुक्रगुजार हूँ अपने पूरे परिवार का इस किताब को सच्चाई में बदलने के लिए|